# 老人ホームの窓辺から2

喜憂愛楽

井上節

INOUE Setsu

文芸社

目次

## 「愛」の窓辺から

## 「楽」の窓辺から

# 「喜」の窓辺から

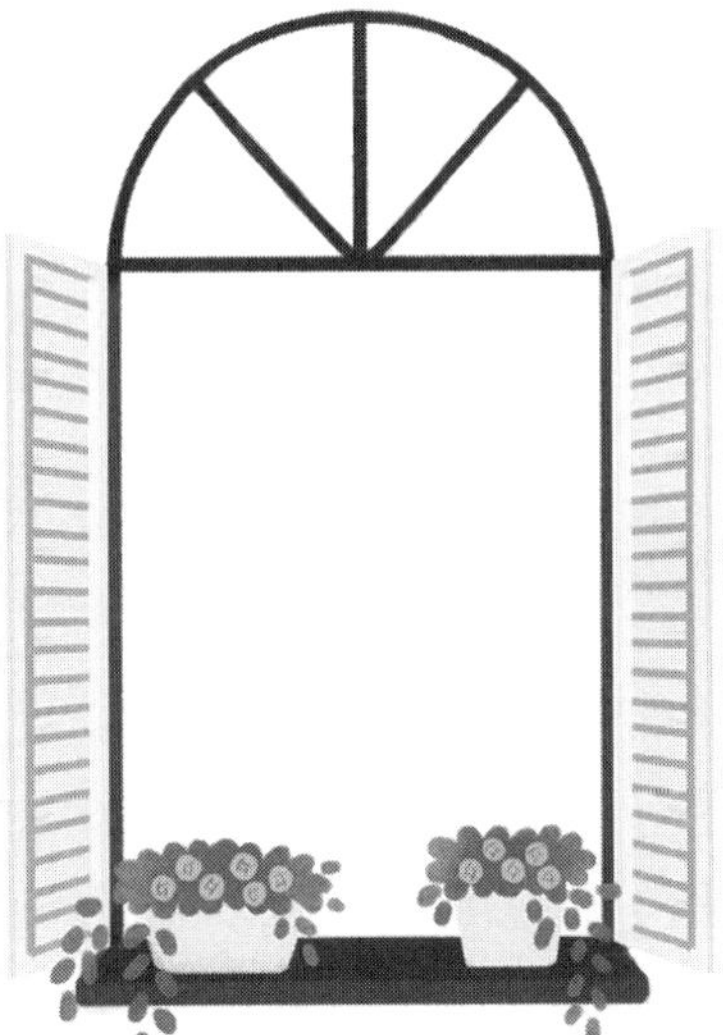

# 春風が運んできた思い出

平成二十八年四月

二、三日前の寒さはなんだったのだろうか。四月を間近にした今日は、ことのほか暖かかった。ラジオでは一部地域の桜の開花を伝えていた。庭先の家庭菜園に暖かな日差しが注いだ。四季折々それぞれの良さがあるが、私は桜の開花を前にしたこの時季が一番好きだ。「石走る垂水の上のさわらびの萌え出づる春になりにけるかも」（『万葉集』志貴皇子）と詠われるような生命の息吹を感じるわけでもないが、中学を卒業した頃の春の感覚が、今でも心に残っている。

学生服を窮屈に感じた私は、ブレザーとスプリングコートを身に着け街に出かけた。大人びた世界を求める私の頬を、春風がすり抜けていった。向かった先は映画館。内容は、まだ文明の発達していない時代に生きる若い男女の愛の物語だった。手を携えて新天地に向かって歩む二人の姿で映画は終わった。翌日、私は自宅前に一人の女の子を呼び出した。ずっと憧れていた同級生だった。私は勇気を出して「付き合って欲しい」と告白した。残念ながら思いは叶わなかったが、これが大人に向かう入り口だったのかも知れない。

どうやら春風が五十年前の思い出を運んできてくれたらしい……。

# 五十年後の桜

平成二十八年五月

四月一日、私が所属している十人ほどのグループで桜の植樹を行うことになり、相模原市にある寺院「峰の薬師」を初めて訪れた。早朝の集合時間に間に合わなかった私は、車で一人で向かった。地図を頼りに進んだが、道は次第に細くなり、不安な気持ちが増していった。一瞬、本気で「遺書を書いてきたほうが良かったか」とも思った。ようやく着いた私の脇をハイカーの一団がのんびりとした足取りで通り過ぎていき、そしてそこにはスコップを持った十人ばかりの仲間の笑顔があった。彼らは場所を選んで、背丈ほどの染井吉野の苗木を植えていた。苗木には添え木があてられ、彼らの手さばきに見とれていた私も、促されてスコップを握った。辺りを見回すと、雑木を押しのけるようにして満開に咲く桜が目に飛び込んできた。津久井湖を見下ろす太い幹には、津久井の歴史が刻まれているように思えた。樹齢五十年は超えているだろうこの桜を植えたのは、どんな人なのだろうか？　どんな思いで植えたのだろうか？　と心は遠い昔を訪ねていた。そして、五十年後にこの地を訪れる人たちは、今私たちが植えた桜をどんな思いで観るのだろうか？　と、世の移り変わりに思いを巡らせた。その中に、孫たちの姿を描く自分がいた。

# 屋久島の魅力

平成二十五年七月

梅雨の最中、初めて屋久島を訪れた。とりわけ雨量が多い月らしく、その日程を訝《いぶか》る者もいたが、運を天に任せることにした。たとえ雨に降られても諦めはつくし、この時期こそ素顔の屋久島に出会えそうな気がした。

屋久島は晴天の中にあった。前日までは大雨だったという。川の水は大地を震わせながら流れ落ち、轟音《ごうおん》が岩を突き抜けていった。森のあちこちに転がる石は緑の苔で覆われていた。巨大な杉は森の番人のように見えた。その一つひとつが、長い歴史を繋ぐ一員だった。

わずか三日間の滞在だったが、昔来たことがあるような親しみを覚え、居心地の良さを感じた。日頃のストレスが霧に吸い込まれていった。

出会った若者の多くは、土地の人間ではなく、この島の魅力に惹かれて他所からやってきた者だった。皆、優しく親切で、屋久島を語る彼らの目は輝いていた。自然に溶け込んで暮らす彼らの生活ぶりが、この上なく羨ましく思えた。

# 青空の向こうに

平成二十四年十月

東日本大震災から一年半、節電のせいもあってか、今年の夏はとりわけ暑く、九月になってもまだ夏が留まっていた。入道雲が青い空に溢れていた。しかし、蝉の声を聞くことも、トンボを見ることも少なかった。そんな季節にそぐわない情景に不安を感じた。

秋のお彼岸を間近にすると、暑い日差しにも柔らかさを感じることができた。朝晩には爽やかな風が肌をすり抜けていった。いつしか空も高くなっていた。青空の中に鰯雲を見つけると、ほっとする自分がいた。

澄み切った空を眺めていると、日食や月食の観測に夢中になった少年時代が懐かしく思い出された。ちょうど「人はどこから来て、どこへ行くのだろう?」と考え始めた時期だった。それから何十年も経ったが、今も答えに出会っていない。

空を眺め続けていると、青空の向こうにその答えが隠されているように思えた。

# 子供の頃の詩と短歌

平成二十九年八月

ある日、家で探し物をしていた私は、本棚の片隅にセピア色をした一枚の便箋を見つけた。そこに書かれていたのは、私が小学四年生のときに作った詩だった。

雲の旅行

青い夕暮れの富士山に　白い雲が浮かんでいる
これから世界旅行に行くのだろう　帆かけ舟のように気まぐれに行ってくるのだろう
青い広大な海や大きな大陸
いつか富士山に土産話を聞かすだろう　仲間を連れてくるだろう
もっと大きくなっているだろう　次は宇宙旅行に行くのだろう

また、次の作品はこの詩を書いたのと同時期のもので、今でも心に残っている短歌である。たまたま市の作品展に応募したところ、賞をいただくこととなった。

夕空にそびゆる富士は日本一　雲おしのけて　山おしのけて

作品の良し悪しは別として、それから六十年近く経った今、当時に比べ何がしかの成長はあったのだろうか？

振り返ったところで過去を変える術は持ち合わせてないが、懐かしさの一方で、一抹の寂しさを覚える一日となった。

# 失って得られるもの

平成二十八年一月

十一月下旬のある日、昼間しゃべり過ぎたせいだろうか、帰宅すると声が出なくなっていた。二、三日で治るだろうと高を括っていたが約三週間もそんな状態が続き、二度と声が出ないのでは……と不安な気持ちに陥っていった。幸い回復したが、言葉を失った人たちの姿が浮かんだ。日頃、当たり前のように会話している自分が、無頓着な人間に思えた。

そんな思いで新聞を眺めていると「失って得られるもの」という見出しが目に留まった。筆者によれば、ヒトの出現以前から地球上に存在する微生物（植物）は、どんなアミノ酸でも自前で合成できたが、あるとき突然変異によって合成能力を失った微生物（植物）が現れた可能性があるとのことだ。それは致命的な出来事だったが、わずかに動くことによって、他の食物の探査を始めた。そして次第に動く能力を進化させていった。動物の誕生である。筆者はこのユニークなアイデアに続けて、「欠損や障害はマイナスではなく、常に新しい可能性の扉を開く原動力になる」と結んでいた（朝日新聞　平成27年12月17日）。

私自身、失ったもの、そこから得られる新しいものがあるか、じっくり考えてみることとしたい。

# 苦痛の先には……

平成二十五年三月

私が日本カウンセラー学院に通い始めたのは、一年ほど前のことだ。カウンセラーを目指したわけではないが、自分を見つめ直すきっかけが欲しかった。他人を理解する手助けになるかとも思った。

当初は月二回の授業が楽しみだった。やがて半年が過ぎ、視覚・聴覚といった五感を磨く練習に入ると、上手く適応できない自分に苛立ちを覚えた。鬱的な気持ちにも陥ってしまった。

受験時代を通して「人間は考える葦である」や「我思う、故に我あり」といったように、「考えること、意識すること」など論理的思考を訓練づけられてきた私にとって、感覚を読み取ることは、ことのほか苦痛だった。まして、歳とともに物事に感動する気持ちも失われがちであった。

しかし、私たちは日頃から、「一目会ったその日から……」の言葉のように、他人を評価する際、まず感覚に委ねることが多いのではないだろうか。そう考えると、感受性を磨けば、苦痛の先には今までにない未来が見えてきそうにも思えた。

# あなたの尊敬する人は？

令和三年四月

子供の頃、ガリレオ・ガリレイやニュートン、キュリー夫人などの話が載った「世界の偉人伝」の本を読んだ記憶がある。子供心に、彼らは偉い人だなと尊敬の念を持ったものだった。

知り合いに「尊敬する人はいますか？」と問いかけると、両親や祖父、祖母などを挙げる人が多いが、そうした近親者を除くと、尊敬する人は何人いるだろうか？

現在、過去を含め、偉大な発明をした人、社会の発展・平和に貢献した人、貧しい人たちの救済に生涯をささげた人などは数多くいる。その分野は政治・経済・文化・芸術など多岐にわたる。また、社会に広く知られていなくても、地域貢献に熱心な人も多数いる。そうした人々を知ることは、自身の成長に繋がると思うが、自ら求める心がなければ彼らを知ることはできないだろう。

そこで、尊敬する人の多さは、その人が社会の動きにどのくらい関心を寄せているかについての大事な指標の一つになると言えるのではないだろうか。

かく言う私も、自身の尊敬する人を思い浮かべたとき、その少なさにがっかりするとともに、不甲斐なく思ってしまう。既に古希を通り越してしまった私だが、残された時間を有意義に使い、新たな出会いを書物やそこかしこに求めていきたい。いくつになっても「求めよさらば与えられん」という気持ちを持ち続けたいものである。

# 演芸から〝役割〟を考える

平成二十五年八月

先日、生まれて初めて不忍池（上野公園）のそばにある「鈴本演芸場」を訪れた。演目は、落語・漫才・手品やものまねなどで、上演時間は午後の四時間ほどだったが、開演前からかなりの賑わいを見せていた。日頃からじっとしているのが嫌いな私には、四時間は長過ぎるように思え、飽きずに最後まで観られるか不安だった。

しかし、時間の経過とともに出演者と観客の心が一つになり、いつしか私もその中の一員となっていた。個々の演技は素晴らしく、プロと呼ぶに相応しかったが、持ち時間十五分で行われる流れはスライドショーを観ているようで、それぞれの演技者は全体の中の一人であった。前菜から始まって主菜、デザートと、フルコースの料理を味わっているようにも思えた。

劇場をあとにすると、仕事が頭をよぎった。私がかかわる高齢者福祉の分野は、介護士、看護師、栄養士などが協働して利用者のケアに当たることが求められている。利用者に喜ばれるケアをするためには、各専門職一人ひとりに役割があり、調和の取れた取り組みが必要だと、改めて考えさせられた。

# 外出活動の喜び

平成二十六年七月

旭ヶ丘老人ホームの外出活動に参加したTさんは、次のように語っていた（外出活動・月に一、二回、希望者を募ってドライブや買い物をする）。

「六月のはじめ、看護師長さんが『外出活動に参加しませんか？』と声をかけてくれました。向かった先は、私の生まれ故郷の鳥居原《とりいばら》で、車に乗るとすぐに啄木の〈ふるさとの山に向ひていふことなし　ふるさとの山はありがたきかな〉という短歌を思い出し、涙が溢れました。

車中から見る関、太郎峠、道祖神は懐かしかったし、鳥屋《とや》まで来ると、この地で郵便局長をしていた祖父が突然、瞼に浮かんできました。祖父は懐から小銭を取り出し、私にくれようとしていました。祖父に甘える私がいました。その光景が目に焼きついて離れませんでした。

そして『鳥居原ふれあいの館』に到着し、辺りを見回すと、昔あった雑木林や畑はすっかり変わり果てていました。ゆっくり、ゆっくり子供の頃の情景を思い浮かべていると、涙が止まらなくなりました。

三ヵ月ほど前に足を折ってしまい、二度と外出はできないと思っていた私には、かけがえのないひと時となりました。こうした機会を作ってくれた旭ヶ丘老人ホームや看護師長さんに、感謝の気持ちでいっぱいになりました」

# 敬老の日の式典、利用者の声

平成二十九年十月

ホームでは今年も、利用者を対象とした敬老の日の式典が催された。皆さんの顔は笑顔に包まれていた。

式典の最後に、副施設長が利用者から聞き取った話を紹介した。以下はその抜粋である。

「楽しいこといっぱいで過ごしています。レストランに美味しいものを食べに行ったり、百歳になってから楽しいことがあり感謝です」

「団体生活が不安でしたが、入所してみると、皆さんが親切で優しく、今は馬鹿話をして笑って過ごしています。息子の面会に感謝です」

「心配して施設に入りましたが、師長さんが『嘘は絶対につかない』と言ってくれました。そのとおりだったのが嬉しいです。そんな心の繋がりがあるから、安心して生活できています」

「言いたいことが言える生活が楽しく、つらかった床ずれも治り、元気いっぱいです」

「母親もここに入所していたことがあり、少しの間でしたが一緒に生活できたことが良い思い出です」

「第三の故郷です。師長さんがお母さんみたいなもので、具合が悪ければ病院にすぐ連れていってくれるので、安心して生活できます」

ほんの一部を紹介したが、こうした声は、ここで仕事する者にとって何よりの喜びである。

# シイタケ栽培療法

令和三年二月

十二月の初め、私はインターネット通販で見つけた「シイタケ栽培セット」を購入した。届いた商品は高さ一八センチの長方体で、同封の栽培手順書には、日中や夜間の温度管理が細かく記載されていた。私はその指示に忠実に従い、適正な温度を求めて、朝晩何度も場所を移動した。部屋の暖房の主役はシイタケとなり、霧吹きによる水かけも欠かさなかった。そのかいがあってか、日増しに大きく育っていく姿を見て、私はますます時間と愛情をシイタケに注いだ。

この栽培セットを数名の知り合いに差し上げると、「デイサービスの高齢者と一緒に毎日楽しんでいます」「孫が喜んでいます」「夫婦で大事に育てています」などの感謝の言葉をたくさんいただいた。

私は何十年か前、子供が育ち終わった頃、家庭菜園でナスやトマトを栽培したことがあった。そのときも成長が楽しみで、毎日朝な夕なに眺めていたものだった。植物の成長に喜びや意義を感じるのは、人間誰しもが持っている本能かも知れない。そして高齢になるにつれ、その感情は強くなるのではないだろうか。

施設室内で手軽にできるこのシイタケ栽培は、高齢者の笑顔を生み出すきっかけになるかも知れない。認知症の予防にも役立つかも知れない。そしていつか「シイタケ栽培療法」として福祉業界に広く行き渡る可能性さえ秘めているように思えた。

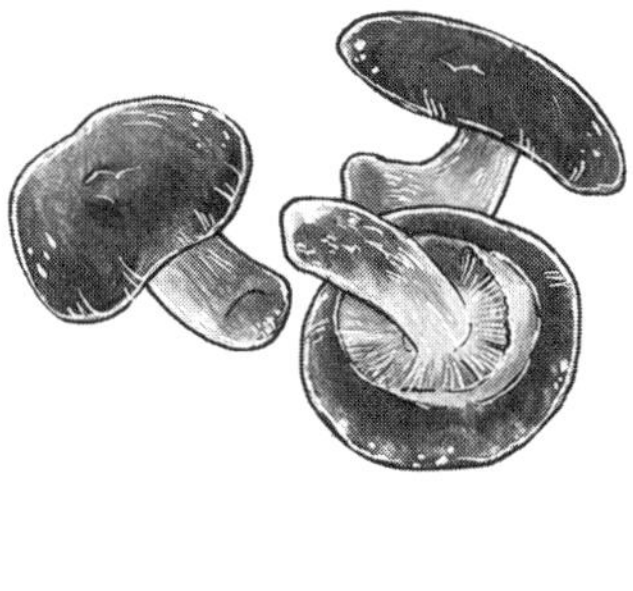

# 人間と動物の違いは？

令和二年二月

人間と動物の違いは何か？　それは「道具を使うこと」「火を使うこと」「言葉を話すこと」などと、幼い頃に習ったような気がする。

最近では、人間の特性として「心を動機として行動する生き物」とか「宗教や哲学といった抽象的概念を持っている生き物」あるいは「死に際して自分を高めることができる生き物」などの記述を目にしたことがある。

それらはすべて人間の本質を突いているが、私はその違いを「文字」の存在に求めたい。

私たちはインターネットなどの活用により、文字を通して瞬時に世界中の出来事を知ることができるし、遠く離れた人たちと意思の疎通を図ることができる。もちろんそれらは会話でも可能だが、その内容を記憶に留めるためには、文字の力が必要である。

さらに私たちは、書物を通して過去の人々の文学作品や思想に触れることができる。こうした過去の人々との交流は、時間を超越した四次元の世界を意味し、三次元の世界に生きる動物たちとの違いを如実に示しているのではないだろうか。

タイムマシンに頼らなくても、職場や居間、そして枕元でも過去の賢人たちから多くのことを学び取ることができる。

私は人間としての存在価値を文字の活用に求めたいし、新年にあたって、人間として存在する時間を少しでも増やせたらいいなと願っている。

# たった一滴の血液で！

平成三十年五月

一回の採血、しかも一滴の血液で癌を発見するという、夢のような医療の実現が迫っているらしい。

癌による死亡を防ぐには、早期発見が重要なことは言うまでもない。現在、癌を発見するためには、内視鏡検査や画像診断などが使われているが、初期段階の小さな癌を見つけるのには困難が伴うし、検査で放射線を浴びることで逆に癌を発症してしまう恐れもある。こうした問題点の解決に向け、血液中にある「マイクロRNA」という成分に着目した研究が進められているという。

マイクロRNAは血液や尿など体液に含まれているが、癌細胞が自らマイクロRNAを分泌する性質に着目し、その変化によって癌細胞の有無を確認できるとのことだ。従来の診断ツールの「腫瘍マーカー」は初期段階の罹患では診断が難しかったが、マイクロRNAは初期段階でも高い確率で癌の発見・特定が可能だという。

国の支援を受けた複数の企業によるこのプロジェクトは、十三種類の癌を一度に判別できる技術を目指していて、試算によれば検査費用は二万円程度。さらにこの技術は、認知症や心筋梗塞、脳梗塞の発見にも応用できるらしい。私の命のあるうちに実現すれば、とても嬉しい話である。

参考：「文藝春秋」二〇一八年五月号「大特集　病気にならないからだ」より
落谷孝広「血液一滴で早期発見が可能に」

# 「慮」の窓辺から

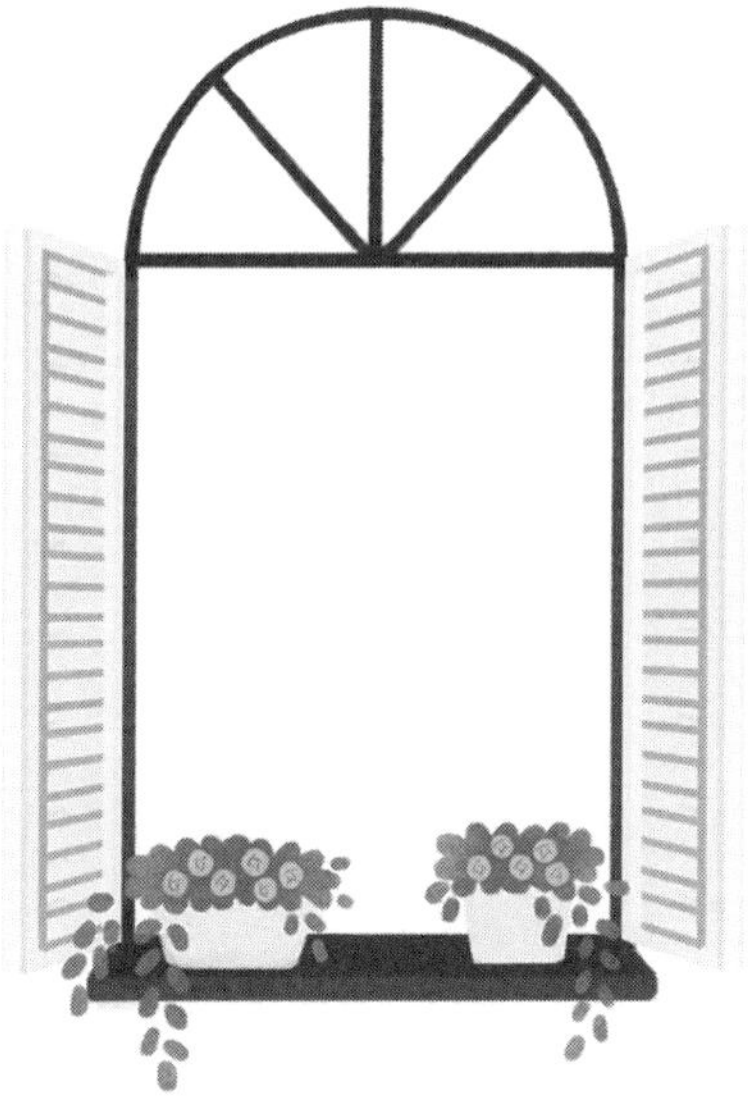

# 時代遅れの男

平成二十四年五月

私が小学一、二年生の頃、津久井の道志川の畔《ほとり》に一人で住む父の父（祖父）を訪ねたことがあった。祖父は皺《しわ》くちゃな顔に精一杯の笑顔で迎えてくれた。

ペリーが来航した年（一八五三年。嘉永六年）に生まれた祖父は、近代文明とは縁のない世界で育った。やがて明治の文明開化を迎え、電灯を初めて目にした祖父は、吹いて消そうとしたとのことだった。祖父の家からの帰りがけ、父からこの話を聞いた私は、祖父を「時代遅れの人」と心の中で嘲笑った。

さて、最近訪れた大型家電店のパソコン売り場は、私の理解の及ばない商品で溢れていた。訳もわからず店内を歩く私には、店員の視線が鬱陶《うっとう》しく、その問いかけが怖かった。まさしく、心の中の祖父の姿は今の自分を映していた。

私が文明の進歩に遅れ始めたのはいつ頃からなのだろうか。遡って考えても答えは容易に見つかりそうになかった。

# 老いの自覚

平成三十年七月

七十一歳を目前に控えた私は、自動車免許の更新時、高齢者講習を受けなければならなかった。やむなくネットで検索した自動車学校は、緑の木々で囲まれた中にあり、免許取得を目指す若い男女で溢れていた。その片隅に、私と同類と思しき小さな集団があった。

講習の内容は、ビデオによる交通規則の説明、動体視力・夜間視力の測定、そして運転技術の再確認だ。免許を取得して五十年、大きな事故も起こさずにきた私は、それなりに自信を持っていたが、実際の結果には愕然としてしまった。動体視力も夜間視力も六十八歳を境にして急激に衰えるとのデータを予め知らされていたが、私の検査結果はそれ以上に悲惨な数値を示していた。

また運転においても、試乗を終えた私に指導員は、

「一時停止をしませんでしたね」

と伝えた。納得のいかない私に、さらに、

「あれは一時停止ではなくて、瞬間停止です」

と、ぶっきらぼうに言い放った。

最近、知人の名前が思い出せなかったり、書類の置き忘れをするなど、何かと年齢を感じることが多いが、今回の講習は、老後への道を一歩一歩進んでいることを如実に示していた。

すっかり自信を失くした私は、いつの間にか降り始めた雨の中を、自動車学校から駅に向かって一人歩いていった……。

# 日本人の特性

平成二十七年四月

以下は、タイタニック号にまつわる小話である。もちろん実話ではない。

氷山に衝突したタイタニック号の沈没が差し迫っていた。全員の救出は不可能だ。救命具の使用は子供と女性に限られた。そこで船長は、男性乗客たちの了解を得ることにした。

船長の命令を受けた乗組員は、イギリス人男性にはこう伝えた。

「もし、子供と女性を優先して救助することに同意してくれれば、あなたはジェントルマンと称えられるでしょう」

するとイギリス人男性は「ＯＫ」と答えた。次にドイツ人男性には、「子供と女性の優先が、この船のルールです」と伝えると納得してくれた。スペイン人男性には、「そうすれば、あなたは英雄になれるでしょう」と言うと彼は右手を高々と上げて了解した。最後に日本人男性には「〇〇〇」と言うと、彼は「わかりました」と素直に従った。

さて、果たして日本人にはどのように伝えたのだろうか？　正解があるわけではないが、私の考えた「〇〇〇」を皆に話すと、そこから延々と〝日本人論〟が始まることも多々あった。私の「〇〇〇」は「みんながそうしています」である。

# 若さゆえ……

平成二十八年三月

現実から逃避したい気持ちが過去を引き寄せるのだろうか。あるいは単に老年期を迎えたせいだろうか。歳を重ねるごとに遠ざかっていくはずの過去の出来事が、逆に昨日のように思い出されることがある。

学生時代の思い出話だが、私は友人と五人で、車で野沢温泉スキー場に行った。スキー場はずっと雪が降りしきっていて、四日間の滞在を終えて駐車場に行くと、車はすっかり雪に埋もれていた。

皆で必死の思いで雪をかき分け、なんとか出発にこぎつけた。国道に出るまでの道が心配だったが、思いのほか走りやすかった。しかし、しばらくすると前方にのろのろ走る車があった。

「抜くしかなーい！」

と仲間の一人が叫んだ。その言葉に応じて、あっという間に前方の車を抜き去ると、抜いた車はなんとラッセル車だったのだ。

怒られると思った私たちは必死に逃げようとしたが、ラッセルされていない道は走りようがなく、再び先を譲ってラッセル車のお世話になってしまった。

全く無鉄砲な行為で、若者だからといって許されるわけではないが、私たち人間は迷惑や過ちを繰り返しながら成長するのではないだろうか。もちろん犯罪は論外だが、こうした若者たちの行為に寛容な社会の愛情が、人を育ててくれるのかも知れないと思う。

# あるスタッフとの別れ

平成二十八年十二月

今年三月初旬、六十歳を少し過ぎたスタッフの一人が、故郷《ふるさと》の訛りを含んだ口調で体の不調を訴えてきた。

「最近、背中が痛いんです。胃の具合も悪くて……」

私は彼の顔色を見て嫌な予感がした。

三月といえば予算案の作成時期で、経理担当の彼の仕事は忙しかった。その忙しさの合間をぬって病院を受診すると、不幸にも私の予感は当たっていた。末期の膵臓癌だった。彼は選択肢の少ない中、抗癌剤治療の道を選んだ。残された時間は一年余りに思えた。その後、病状は一進一退を繰り返し、不安の中にも明るい兆しの見えるときもあった。

彼との出会いは約十年前、夏の暑い日だった。私は面接に訪れた彼を見て、能力の高さと真面目な性格、そして人柄の良さを感じた。その直感は間違っておらず、彼の仕事ぶりは誠実そのものだった。嫌な顔ひとつせず、雑用も進んで引き受けてくれた。人手の少ない旭ヶ丘老人ホームにとっては、大変貴重な存在だった。

八月二十三日、体調を崩して入院中の彼を見舞った。比較的元気そうな姿を見て、私は翌日ドイツに旅立った。しかしその三日後、悲報を伝えるメールが旅先に届いた。運命なのか宿命なのかわからないが、日頃から不摂生な生活を繰り返している私にとって、他人事ではなかった。一日一日生きるありがたさを、彼の死が改めて教えてくれた。

# 自分が犯した罪は自分で贖う

平成二十九年七月

もう二十年以上前の話になるだろうか。悩みを抱えていた私は、尊敬するAさんを訪ねた。当時Aさんは八十歳近くの女性で、敬虔なクリスチャンだった。

静かに私の話を聞いていたAさんは、ゆっくりとした口調でこう語った。

「節ちゃん、心の中に聞こえる神様の声に従いなさい。たとえ間違ったことをしても、神様はあなたを正しい道に導いてくださいます」

それを聞いた私が、

「良かった……。これから少しくらい悪いことをしても大丈夫でしょうか？」

と問うと、Aさんは、

「神様は何でも許してくださるけれど、自分で犯した罪は自分で贖わなければいけませんよ」

と私を諭したのだった。

私の母は三十歳を過ぎた頃にクリスチャンになったが、入信当初は牧師の語る「原罪」が理解できなかったという。「自分は何も悪いことはしていない。イエス様はおかしなことを言う」と思ったそうだが、神の心に触れるうちに、今まで深く考えずに犯してきた数多くの罪に気づき、信仰心を深めていった。

七十歳を迎えた私にとって、残された時間は少ない。ページをめくるように過去に思いを馳せると、人を傷つけてしまったことや、心に痛みを感じることが数多く浮かんできた。私もまた、アダムの子孫の一人に違いはないと思うと、残された日々をいかに過ごすか、不安な気持ちに包まれていった。

# 詐欺、今昔

令和二年六月

新聞記者として詐欺事件に長年かかわってきたA氏が、自分もフィッシング詐欺に遭ってしまったという。

ある日、A氏に大手通販サイトから、「安全確保のため、二十四時間以内にアカウントの更新をしないと利用を制限する」との趣旨のメールが届いた。このメールを信じた彼は、画面の指示に従ってユーザーID、パスワード、そしてクレジットカード情報を入力した。するとその数日後、カード会社から連絡があり、A氏のクレジットカードが不正利用されたことを知るところとなった。

その新聞記事を見た私は、社会人になりたての頃の一場面を思い出した。

馬券売り場に通じる大通りの人だかりの中で、大道詰将棋が行われていた。一回千円だった。足を止めた私はいつの間にか誘いに乗り、駒を握っていた。何手か打った私は勝ちを確信した。しかしその直後、なぜか自陣に私の王様がいて、敵の角に捕られてしまった。その後、相手は親切に正しい詰め方を教えてくれた。

千円を払って帰ろうとすると、今まで周りで覗き込んでいた一群がたちまち私を取り囲み私の財布から二万円を抜き取った。将棋盤の片隅には小さく「王様捕られたら一万円。詰め方教わったら一万円」と書かれていた。

帰り道、なぜか彼らの生き方に憐れみを感じた。当時、大卒の初任給は四万円ちょっとだった。苦い思い出だが、五十年経った今となっては懐かしい思い出である(このエピソードについては、次項でより詳しくお話しする)。

# 私の失敗談

長く生きていると、失敗も数多くあるものだ。そのほとんどは忘れ去ってしまっているが、忘れるからこそ、人間はストレスを抱え込まずに生きていられるのかも知れない。

そんな失敗の中から、私が二十代の頃の、今は懐かしく思う競馬に関する話を二つ記してみる。

当時、私は横浜市の桜木町にある場外馬券場に馬券を買いに行くことがあった。その頃は今と違ってインターネットなどなかったので、多くの人は場外馬券場に足を運んでいた。桜木町駅から馬券売り場に向かう道は、競馬予想紙を片手に赤鉛筆で印をつけながら歩く人で溢れていた。

私も人込みの中を歩いていると、一塊の集団があった。十代と思しき者もいて、そこでは大道詰将棋が行われていた。将棋は駒の動かし方くらいしか知らない私だが、場の雰囲気に押され覗き込んでみた。すると集団の中から、「最初の一手はこれで間違いないんだが、次はどうするのかな……」と思案する声が聞こえてきた。

私も頭の中であれこれ詰め方を模索していると、一人が「お兄さん、やってみないかい？」

と声をかけてきた。見ると「一回千円」と書いてある。千円ならやってみるかと、やや乗り気になった私の表情を素早く読み取ったのか、次の瞬間には駒を握らされていた。

王手、王手と二、三回繰り返したあとだったろうか、本来、詰将棋ではいない自陣に王様がいて、相手の角に捕られてしまった。唖然とする私に先方は、

「残念だったね。こうすれば詰ますことができたんだよ」

と親切に教えてくれた。諦めて財布から千円を取り出し、払おうとすると、周りにいた人たちにたちまち囲まれ、「ここを見な」と言われた。将棋盤の片隅には、「王様捕られたら一万円。詰め方教わったら一万円」と小さく書かれていた。そして彼らは、身動きのできない私の財布を奪い、二万円を抜き取ったのだ。

しばらく呆然としてしまったが、やがて、「せっかく人間として生まれてきたのに、彼らはなんてかわいそうな人生を歩んでいるのだろうか……」と憐れみを感じながら帰路についた。

ある年の暮れ、私は有馬記念でトーメイ－コンチネンタルの3－6の馬券を一点買いで二千円購入した。普段は当たらないことが多いのだが、珍しく配当金二万六千二百円をゲットした。その頃の給料が手取り四万円程度だったので、私にとってはかなりの臨時収入だ。

嬉しくなり、日頃世話になっている先輩に声をかけて、馬券場近くの伊勢佐木町で祝杯

をあげることにした。何軒か飲み歩き、千鳥足の二人は伊勢佐木町の一本脇の通り、曙町に向かっていた。そこは通称「親不孝通り」と呼ばれている、いわゆる〝怖い通り〟で、酔って判断力が乏しくなった私たちは、呼び込みの声に釣られて店内に入った。

カウンターに座ると、それぞれに女の子がついた。しかし、酩酊していた二人は多分ビール一本も飲めなかったと思う。時間もわずかなものだったが、会計で示された金額は五万円ほどで、私たちには支払うお金は既に残っていなかった。

払えないことがわかると別室に連れていかれ、バーテンダーが、

「お前ら充分楽しんだじゃねーか。どうしてくれるんだ!」

と怒鳴りながらアイスピックをテーブルに突き刺した。

やむなく先輩が借金のかたに腕時計を預け、明日払いに来るということでその場を逃れ、店を出た。

そして翌日、先輩がお金を持参して腕時計を取り戻したが、翌週、そのお店が暴力バーとして警察の手入れを受けたという記事が新聞の片隅に掲載されていた。

実は別室に連れていかれたとき、私は財布にあった一万円を誰にも気づかれないようにとっさにソックスの中に隠していた。このことは四十年経った今も、先輩に告白しないままでいる。

# 異常気象と不安感

平成二十四年七月

今年の春の訪れは例年と少し違っていた。桜が終わってツツジが咲いても、肌寒い日が続いた。暖かい春の日差しが注ぐ日も少なかった。不順な天候のせいか、五月中旬になっても鶯《うぐいす》の鳴き声が聞こえなかった。何か言い知れぬ不安を感じた……。折から「太陽活動に異変、地球寒冷期の前兆か?」といったニュースが報じられ、二酸化炭素による地球温暖化との関係はどうなのだろうと思いを巡らした。

しかし六月に入ると、例年どおり紫陽花が咲き始めた。藍色やブルーそしてピンク色など種々の紫陽花が織りなす色彩は、鬱陶しい気分になりがちな重たい心を和らげてくれた。やがて梅雨の合間に鶯の声も聞き、ほっとする自分があった。

自然のちょっとしたリズムの違いに不安を覚えるのは、まだ昨年の東日本大震災の恐怖が残っているからかも知れない。

# 私たちが〝見ている〟ものは

平成二十五年六月

梅雨の季節を前にして、ここ二、三年、気になっていることがあるのを思い出した。緑に包まれた山々から鶯の鳴き声がこぼれてくるのは例年どおりだが、燕《つばめ》の姿を見かける機会が少なくなったように思えてならない。「田畑が少なくなったせいでは？」と言う人もいるが、放射能やPM2.5をはじめとする大気汚染をいち早く察知した結果かと不安になってしまう。

あるときヘレン・ケラーは、来客者に道中の森の様子を尋ねたが、まともな返事が返ってこなかった。そこで彼女は、「健常な人は普段、何を見ているのでしょうか？　目が見えず耳も聞こえませんが、私なら頬を横切る風や草木の匂いから季節の変化を感じ取ることができるのに」と話したという。

潤いある生活を送るためにも鋭敏な感性を身につけたいものだが、私たちに見えていないものは自然だけだろうか？　もし生活にかまけて大事なことを見過ごしているとしたら、とてももったいない話である。

そうした私たちに、ヘレン・ケラーの次の言葉は、生きるヒントを与えてくれそうである。

「盲目であることは悲しいことです。けれど、目が見えるのに見ようとしないのは、もっと悲しいことです」

# 恵まれ過ぎると

平成二十六年四月

地球は寒冷期に入ったのだろうか。二酸化炭素による温暖化が問題視されているのに、日本では今年、例年にない厳しい寒さに見舞われた。また、三月下旬になっても寒暖の差が激しく、桜の開花が遅れるのでは？　と自然の営みが心配になってしまう。

地球の気候には温暖化と寒冷化のサイクルがある。人為的な温暖化という流れとは別に、地球は寒冷期が訪れるサイクルに入りつつあるのかも知れない。少し前までは「温暖化により二〇三〇年頃までには北極海の氷が溶けてなくなるだろう」と言われていたが、この先どうなっていくのだろうか。

地球上では、過去大きな氷河期が四回あった。私たちの祖先はその過酷な環境を、知恵と助け合いによって乗り越えてきた。現在は「間氷期」と呼ばれる中休みの暖かい時期であり、私たちは今、非常に恵まれた状況の中に生きている。

それでも世界各地で争い事はやむことなく起きている。恵まれた環境が、いがみ合う気持ちを生み出すのだろうか。もしそれが人類の本質だとしたら、少し寂しい気持ちになってしまう。

# 生き延びるためには

平成二十七年十二月

ガラパゴス諸島（南米エクアドル領）に生息するイグアナ（リクイグアナ）は、サボテンを主食にしていた。そこで、サボテンの一種は背丈を伸ばしイグアナに食べられないように進化していった。困ったイグアナの一部は、海岸の岩場に住みついた(ウミイグアナ)。そのウミイグアナも進化により、岩にしがみつく鋭い爪と水掻きを発達させ、海藻を食べる能力を身につけた。しかし近年、地球温暖化により海水温度が上昇し海藻が減少してくると、ウミイグアナは再び陸に活路を求めた。ハイブリッドイグアナの誕生である。このイグアナは雄のウミイグアナと雌のリクイグアナの交雑によって生まれた雑種で、鋭い爪でサボテンに登ることができるし、海に潜って海藻を食べることもできる。〝時代の申し子〟とも言えるが、繁殖能力はないため、ウミイグアナとリクイグアナ両種が存在しないと生まれることはできない。「生き残る種とは、最も強いものではない。最も知的なものでもない。それは変化に最もよく適応したものである」とはダーウィンの残した言葉だが、私たちは今後、環境の変化にどう適応していくのだろうか。進化はともかくとして、生き延びる柔軟性は身につけておきたいものである。

# 地震大国、日本

平成二十八年六月

平成二十八年四月中旬に熊本地方で起きた一連の大地震は、ひと月たった今も震度3クラスの余震が続いている。前震、本震ともに震度7を記録し、熊本地方から阿蘇地方へと、わずかな間に震源地が移動した今回のケースは、観測史上過去に例がないと言われているが、歴史に手がかりを見つけることはできないだろうか。

実は被害の大きかった熊本県西原村の四百年前の郷土誌には、「熊本県八代地方で発生した地震に続いて、現在の大分県に当たる豊後地方も大きく揺れた。その後、たび重なる地震によって、熊本城の天守閣の石垣がバラバラと落ちた」という内容が記述されているという。

類似点はそればかりではない。この八代地方で発生した地震の八年前、東北地方で大きな地震が起き、津波に襲われて数多くの死者が出たとも歴史は伝えている。そしてその十四年後には、現在の神奈川県小田原地方で大きな地震が起きたという。

そもそも日本列島は四つのプレートが衝突する場所に位置し、活断層も数多くある。その中央部には活火山が点々と分布するとともに、中軸部の地下一〇キロメートルに広がる変成岩地帯は雲母質や粘土質の岩石が多く、地滑りを起こしやすいという。昔読んだ『日本沈没』（小松左京　一九七三年）が小説だけの話であればいいのだが……。

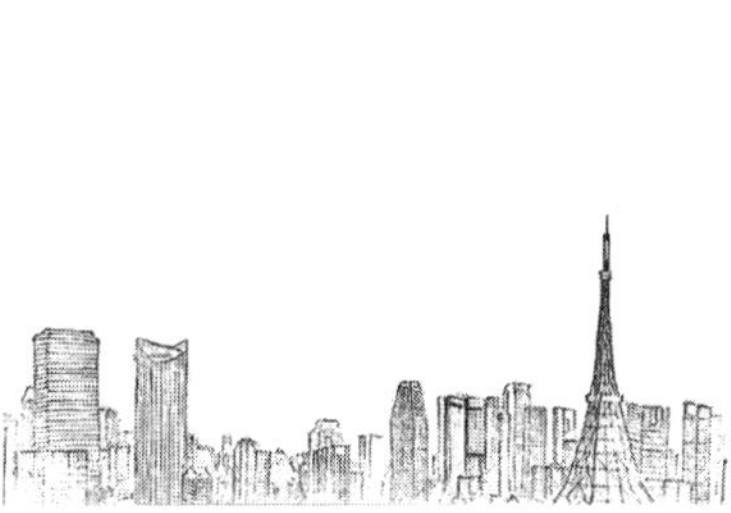

# 天災と人災と

平成二十九年二月

二十二年前の一月十七日、阪神・淡路で大地震が起きた。その直後、神戸に住む私の友人は、その恐ろしさや悲惨さを訴えてきた。

その後も、日本をはじめ世界各地で大きな地震が起き、尊い命が奪われたり生活の場を失ったりした人が数多くいる。東海地震もいつ起こるかわからない。そうした中、静かに新年を迎えられたことに、ただただ感謝するばかりである。

平成二十九年の現在、世界の人口は七十四億人に迫ろうとしているが、その三人に一人は戦禍に巻き込まれ、多くの命が奪われている。また、紛争や内紛によって飢餓に苦しむ子供たちもたくさんいるし、テロも各地で起きている。

第二次世界大戦の反省から、一九四八年、国連総会において「世界人権宣言」が採択、公布された。これには、すべての人の尊厳と平等の大切さが、そして第三条では「すべて人は、生命、自由及び身体の安全に対する権利を有する」と述べられているが、現状は、「喉元過ぎて熱さを忘れてしまった」としか思えない。

過去の過ちを財産として、平和な社会は築けないものだろうか。自然の前には無力な私たちだが、人為的な災害・災難は避けられるはずである。そのためには過去の過ちを振り返るとともに、私たち一人ひとりが、与えられた命を慈しむ気持ちを持つことが大事ではないだろうか。

# 地球温暖化と稲

令和元年十一月

令和元年十月、強い勢力を保ったまま日本に上陸した台風19号は、東海から関東、東北と、広い範囲にかけて、河川の氾濫や土砂災害など、大きな傷痕を残した。

発生から海上で勢力を増大させた要因として、平年より海水面温度が一〜二度高かったことが挙げられ、気象学の専門家は、「地球温暖化による気候変動の影響で、台風の強度は高まる傾向にある。そしてこれまで以上に日本に上陸する可能性がある」とコメントしている。

地球温暖化の影響は様々な分野で問題となっているが、お米も例外ではない。温暖化により収穫量の減少が見られるとともに、品質も低下するという。最近、温暖化しても美味しさを失わない「暑さに強い稲」の実現に向けて取り組む研究者の新聞記事を目にしたが、私には驚きだった。

もともと熱帯性植物の稲は、寒さに弱かったという。そのため、明治後半から昭和にかけて米の生産力増大を目指した日本は、冷害に強い品種改良に力を注ぎ「陸羽１３２号」[*1]や「水稲農林１号」[*2]を生み出した。そんな中、冷害に心を痛めた一人に宮沢賢治がおり、岩手県の花巻農学校の教師だった彼は、職を辞して冷害に苦しむ農民らの指導にあたったという。

記事の中に「宮沢賢治」の名を見て、急に懐かしさを覚えた私は、彼の履歴を記した著書を早速買い求めた。機会があれば、宮沢賢治についていつかお伝えしたいと思っている。

＊1　陸羽132号：大正十年に初めて育成された冷害に強い品種。

＊2　水稲農林1号：昭和六年に育成された寒冷地用の水稲。生育期間の短い極早生で、たくさん収穫できた。コシヒカリやササニシキは農林1号の子孫。

# 日本の男女共同参画のレベル

平成二十五年一月

二月の初め、早朝の八王子駅は混雑していた。私は駅の階段を駆け下り、東京行きの電車の先頭車両に飛び乗った。車内の中ほどまで進み、カバンを網棚に上げようとすると、目の前の座席の女性の仕草が親しげに見えた。「どこかで会ったことある人かな？　席を代わってくれるのかな？　高齢者に見られたかな？」などと考えながら顔を近づけると、

「この車両は女性専用ですよ」

と小声で教えてくれた。私はハッとして、

「次の駅で車両を移ります」

と答え、そっとドア近くに移動して、全員女性の乗客たちの視線を背後に感じながら外を眺め続けた。不安な気持ちでいたが、しばらくすると、女性の社会参加の現状が気になってきた。

女性の社会参加が進んでいるノルウェーでは、政治活動や企業の経営に一定数の女性の参加が義務づけられている。日本でも法律により男女共同参画が促されているが、労働環境や育児環境などを見ると、世界の水準からはまだまだ低いところにある。この先、こう

した面の充実を図ることが経済発展のためにも必要だ、などと考えているうちに、電車はようやく次の停車駅に着いた。

参考：世界経済フォーラム発表の男女格差指数（二〇〇九年）において、日本は百四十三ヵ国中、第一〇一位だった。二〇二一年は百五十六ヵ国中、一二〇位。

# 〝美しい国〟とは

平成二十五年五月

最近、株式市場は明るい兆しに包まれている。日銀により今年一月からの景気判断が上方修正されたことで、日本経済復活への期待に胸を膨らませている人も多い。その背景には、安倍政権が大胆な金融緩和によって、デフレと円高からの脱却を強い意志で推し進めていることがある。

「物価が上がりそうだ」という思いが早めの購買意欲を促し、経済は活性化していくと説くコラムニストがいるが、果たしてそのとおりだろうか？　老後の安心感がなければ、インフレの到来に備え、かえって財布の紐を固くする人もいるのではないだろうか。

人口、特に労働者人口が減少する中で、日本の繁栄は確保されるのだろうか？　エネルギー問題を含め、新たな政策ビジョンは実行されるのだろうか？　旧態依然のままで単に金融政策だけが先行するなら、格差社会がさらに増大するのではないだろうか？

〝美しい国〟とは何か。皆で落ち着いて考えたい。それから動いても遅くはないはずだ。

# 原発とクリーンエネルギー

平成二十六年五月

東日本大震災から三年、メルトダウンを起こした福島第一原発の処理はいつ始まるのだろうか？　高濃度の放射性物質を含んだ汚染水は、本当にコントロールできているのだろうか？「原発ゼロ」を目指した事故の教訓は、明日に繋がっていくのだろうか？

そんな心配をよそに、国のエネルギー政策は安倍政権によって大きく転換し、再び原発依存に回帰することとなった。しかし、想定外はともかくとして、不幸にして起きてしまった災いを福に転じる絶好の機会とすべきではないだろうか。風力発電や太陽光発電、またメタンハイドレートの発掘など、代替エネルギーの開発が進められているが、新たな視点に立った取り組みも欲しいものである。

最近、米海軍は海水を燃料にする技術を開発したとのことだ。日本でも藻類オイルの研究が進められているという。もし実現すれば、エネルギー自給率わずか四％の日本が海洋国の特性を生かして産油国になることも夢ではない。この開発を、経済成長戦略の一つとしてはどうだろうか。クリーンなエネルギーに明るい未来を描くのも悪い話ではないと思うのだが。

# 裁判員制度の問題点

平成二十六年六月

殺人事件などの重大な犯罪も含む、地方裁判所における刑事裁判に市民が参加する裁判員制度が平成二十一年に施行されてから、この五月で五年が経過した。その間、五万人近い市民が参加し、二十一人に死刑判決が言い渡されたが、このうちの三件の判決は、高等裁判所などにおいて破棄された。殺害された被害者が一名の場合は死刑が避けられるという、過去の傾向が重視された結果だった。

裁判員制度導入の目的は、市民感覚を裁判に取り入れることにあったはずである。だから、もし「先例」で決めるなら、裁判員制度の意味は薄らいでしまうのではないだろうか。また、導入理由の一つとして、多くの国でこうした制度が採用されていることが挙げられているが、そのほとんどの国では「死刑制度」が廃止されているし、死刑制度の廃止は世界的傾向でもある。

裁判員が被告に対して死刑を選択する際の精神的苦痛や悩みは、並大抵のことではないだろう。その裁判員たちが熟考して出した決断は、尊重されるべきではないだろうか。そこに裁判員制度が法制化された趣旨がある。

さらに、制度化の前に「死刑制度」と、犯罪者も含めた「個々の人権」について議論を進めるべきだったのではないだろうかと思う。

# 投票率に思う

平成二十七年一月

平成二十六年の年末に行われた衆議院議員総選挙の投票率は五三％を割り込み、戦後最低となった。大変残念なことではあるが、ただ単に数値だけに目を向けることには少しばかり違和感を覚える。

この国では少子高齢化が駆け足で進む中、外出が困難な高齢者も増加している。また、八十五歳以上の四人に一人は認知症だと言われている。そうした人口構成の推移や社会背景を考慮しないで、ただ単に投票率だけで比較していいのだろうか？　確かに二十代の若者の投票率は三〇％台とかなり低いが、大学に投票所を設けたらどうなるだろうか？　ある市では期日前投票ができる場所を大手スーパーの近くに設けたら好評だったと聞く。経費との兼ね合いもあるだろうが、投票しやすい環境づくりの整備も大事ではないかと思う。

もう一つ気になるのは、諸外国の投票率である。スウェーデン、アイルランド、デンマークといった社会福祉の充実している北欧では、投票率は八〇％を超えるという。投票率の高さと社会福祉の充実には相関関係があるだろうか？　一方、アメリカの投票率が四十数％というのも気になるところである。

# 日本の少子高齢化の原因

平成二十七年六月

日本が世界に類を見ないスピードで「少子高齢化社会」を迎えている原因は何か……。そんな疑問を抱く私に、『東京劣化』（松谷明彦　ＰＨＰ研究所）という一冊の本が答えを与えてくれた。

戦前・戦後を通して政府は強権的に人口政策を行った。政府は大正から昭和にかけて兵力増強のため「産めよ増やせよ」と出産奨励策を展開した。幸い、この政策で生まれた子供の大部分は戦争中には成人に達しなかった。そして彼らは高度経済成長の立役者となったが、二〇二〇年頃から随時、寿命を迎える年齢となり、出生数の低下もあって人口減少社会が加速することになる。

戦後まもなくして政府は人口政策を百八十度変え、優性保護法を改正して大規模な産児制限を試みた。ベビーブームが続けば日本は飢餓状態になってしまうと判断したからだ。政策手段は人工中絶であり、年間出生者数は四〇％減少した。この政策は二十年間にわたって行われ、出生率の低下を螺旋《らせん》的に招く結果となった。

急激な人口減少と高齢化は日本特有の政策のツケなのである。これを正常な人口構造に戻すには六十～七十年かかり、小手先の少子化対策は無意味だという。つまり戦争の後遺症は、この先まだ六十年は続くことになる。その責任を取るのは、やはり国民なのだろうか。

# 貧富の差と人間のエゴ

平成二十八年七月

国際NGOオックスファム・インターナショナルの報告書によると、世界人口の一％ほどの富裕層が全世界の富の半分を独占しているという。上位一％の富裕層の資産は一人当たり三億円以上だが、下位の八〇％を占める層のそれは四十五万円にしかならないらしい。そして、約六十億円以上の資産を持つ人は全世界で十三万人近くいるが、その半分はアメリカ人だという。その一方で、世界には貧困と飢えから抜け出せない人も数多く存在する。一日百五十円以下で暮らす「極度の貧困者」は十二億人（二〇一三年現在）存在するし、一日に二万五千人近くの人が飢餓で亡くなっている。

貧困は様々な問題を引き起こす。栄養摂取が難しかったり、病気になっても治療が受けられなかったり、充分な教育を受けられなかったり、日々を生き延びることで精一杯だったりと、いつまでも貧困状態から抜け出せない人が数多く存在する。

私はテロをはじめとする世界の政情不安の根源は、この貧富の差の増大にあると考えている。戦後七十年経った今、この現状を打破するためには、新たな秩序の形成が求められるところだが、その行く手を拒むのは〝人間のエゴ〟といったところだろうか。

# 横断歩道の交通ルール

平成二十九年十二月

先日、朝日新聞の「私の視点」に掲載された、名城大学准教授のマーク・リバックさんの投稿文が目に留まった。彼はイギリス人だ。

「私が日本に来て、とまどったことのひとつは、日本は『信号機のない横断歩道は車優先』ということだ。私の母国でも、先日訪れたオーストラリアでも、横断歩道に歩行者がいれば必ず車は止まる。それがルールだからだ。」

この記事を読んだ私は、十数年前の娘との会話を思い出した。

外国に住んでいて久しぶりに日本に帰ってきた娘は、私の運転する車に同乗すると、こんなことを言った。

「お父さん、ずいぶん怖い運転するね。今、横断歩道にいた人がオランダ人だったら、ひいてるよ。オランダ人は横断歩道では車は止まるものと思ってるからね」

それ以来、私は横断歩道で人を見かけると、できる限り停車するようにしているが、すまなそうに頭を下げながら渡る歩行者の姿を目にすると、釈然としないものを感じてしまう。日本的な美徳という捉え方もあるだろうが、止まってくれた車に礼を示す態度は本来、民主主義の主役であるべき一人ひとりの権利を放棄しているように思えてしまう。そうした風潮が再び全体主義を生み出す原動力にならなければいいと願っている。

# デンマークと日本の幸福度

平成三十年二月

戦争により廃墟と化した日本はやがて先進国の仲間入りをしたが、現在、一人ひとりの生活は幸せと言えるのだろうか？　そんな疑問を持つ私の目は、デンマークを紹介する新聞記事（朝日新聞　平成三十年一月十日「幸せのかたち」）に吸い込まれていった。

デンマークは税金が高く、給与の半分は所得税で取られ、消費税も二五％で物価も高いが、国連の幸福度調査では常に上位だという。「幸せ。社会が守ってくれるから、寝る場所や食べ物に困らず、心配事が少ない」と語る人もいるし、公的機関の調査によれば「税金を喜んで払っている人の割合は多い」とのことだ。

その理由は福祉制度の充実にあるようだ。公的年金や児童手当の他、失業手当や職業訓練も手厚く、医療費は無料。さらに大学や大学院の学費も無料で、返済不要の給付金までもらえるという。「デンマークは世界で最も幸福な国であると同時に、最も不幸な人が少ない国」と記者は述べている。

日本では来年予定されている消費税引き上げの際に様々な意見が交錯することと思うが、社会福祉の充実を含め、国民の幸福感が高まるなら、私は引き上げ賛成の立場を取りたい。ただその前提として、税金の使い道や使い方について限りなく透明性が担保されることが何よりも大事なのは言うまでもないが。

# 教育と未来

平成三十年四月

前文部科学事務次官の前川喜平氏が某中学で行った講演について、文部科学省は市教育委員会に講演内容を尋ね、録音テープの提供を求めたうえ、道徳教育を行う学校での講演について校長の見解を求めたという。こうした行動の発端は、複数の自民党国会議員が文部科学省に前川氏の講演について照会したことにあったという。

その講演内容は、中学生やその保護者を前に、前川氏の幼少時代の話、科学技術で変わる社会について、そして氏がボランティアとしてかかわっている夜間中学でのエピソードなどだった。

前川氏は在任中、夜間中学の充実を目指す「教育機会確保法」の制定にかかわった。そして退官後の現在は、学校に行きたくても行けない人々に目を向け、夜間中学の充実に力を注いでいる。前川氏の行動は道徳心に富んだ行為であり、まさに教育の淵源《えんげん》がここにあるように思える。

文部科学省が今回の調査を自らの判断で行ったとは考えにくいが、もしそうだとしたら、この行為は戦前の思想統制に繋がっていくのではないかと不安が増してしまう。

どのような社会になっていくか見守るのではなく、どのような社会を望むか、その方向性を決める主役は国民一人ひとりである。

# カジノ法案とギャンブル依存症

平成三十年八月

七月に入り、うだるような暑さが続く中、国会ではカジノ法案の成立を巡って白熱した議論が展開されている。この法案の目的は、「総合型リゾートを作って観光客を呼び込み、財政難を改善しよう」ということであり、経済的効果や雇用促進などのメリットが見込まれているが、治安の悪化やギャンブル依存症の人の増加など、デメリットも抱えている。

そのギャンブル依存症対策として、日本人客がカジノを利用する際には、

①チップの購入は現金のみとすること

②日本人にだけ一定の入場料を課すこと

③利用回数は週三回（月十回）までとすること

などが挙げられているが、果たして効果はあるだろうか？

そもそもギャンブル依存症には特効薬や効果的な治療法があるわけでもない。アメリカの『精神疾患の診断・統計マニュアル（DSM－5）』（医学書院）によると、ギャンブル依存症は衝動性をコントロールできない精神疾患として位置づけられている。そして厚生労働省の調査によれば、日本人のギャンブル依存症の割合は諸外国に比べて突出して多い

という。

ギャンブル依存症問題と向き合う専門の医療機関も少ない中で、この法案の成立により
さらにギャンブル依存症が蔓延してしまったら、被害を受けるのは直接的・間接的を問わ
ず私たち国民一人ひとりである。

# 人間と動物のかかわり

平成三十年九月

サーカスを観に行ったときの話である。電車を降り、改札口を出ると、何かのパンフレットを配っている一団があった。手に取ると、その誌面は「動物虐待反対」を訴える記事で溢れていた。サーカスの訓練中に動物たちが受ける悲惨な状況描写から始まって、イルカが芸を叩き込まれる過程や、檻に入れられた動物園の動物たちを憐れむ記載もあった。さらに、肉・魚の摂取から始まって毛皮のコートの使用も動物虐待に繋がるという。

私はパンフレットを見るうちに、何が正しいのか、人間とは何か、わからなくなってしまった。何十億年という長い歴史の中で生物は進化を重ね、弱肉強食の世界が繰り広げられてきた。約七百万年前にチンパンジーと枝分かれした人類も、過酷な環境の中では防寒具として動物の毛皮を使用したし、動物を食料や家畜として活用することが種の繁栄に繋がった。原人、旧人類を経て進化してきた私たち新人類にとっても、その遺伝子は引き継がれているし、今も他の動物の犠牲を必要とすることに変わりはない。また、子供から大人への成長の過程では、動物の生態系を学ぶことも必要だろうし、彼らと接点を持つことで「思いやる心、慈しみ、分かち合う心」を学ぶことができていくのではないだろうか。

# 平成時代を振り返って

平成三十一年四月

三十年の時を経て、平成が終わろうとしている。

平成元年、日本経済はバブルの真っただ中で、土地や株価の値上がりは常識を超えていた。しかしその後、日本は長期不況に陥り、今も低成長にあえぐ経済状況が続いている。そして、阪神淡路大震災や東日本大震災、火山の噴火など、多くの災害が日本各地で発生した。自然の猛威の前に人間は無力だった。

一方、海外では湾岸戦争や同時多発テロ、そして過激派組織イスラム国（ＩＳ）の出現など、世界各地で紛争が起きた。その要因は、資源や領土を獲得するため、また宗教の対立などと様々だが、その底辺に人間の本能が作用しているならば、争い事はあとを絶たないことだろう。

そんな中、在位三十年にあたっての天皇陛下のお言葉は奥深いものがあった。陛下は幼い頃、戦争にかかわった昭和天皇のお姿を身近に見て平和を願う心を醸成なされたのではないだろうか。戦争にかかわった者を身近に持ちながらも懲りない人々を散見するが、血筋なのか人間の本能のなせる業なのか判断に迷うところである。

# オリンピックの裏側

令和元年十二月

一八九六年、クーベルタン男爵の提唱により開催されたアテネ大会以降、オリンピックは長らくアマチュアの祭典とされてきた。しかし、一九七四年、ＩＯＣ（国際オリンピック委員会）のブランデージ会長が退くと、段階的にプロの参加が認められていった。

その背景には、トップアスリートが無収入やスポンサーなしで競技を続ける困難さがあった。また、世界のトップ選手が参加する競技を観たいという私たちの願望もあった。

運営費の捻出はＩＯＣにとって頭の痛い問題だったが、プロが参加することによって、放映権料は開催ごとに増大し、今ではＩＯＣの大事な収入源となっている。実際、アメリカのＮＢＣは二〇三二年までのアメリカ国内における放映権料として約七千八百億円をＩＯＣに支払っている。その見返りとして、開催月や決勝の時間帯はアメリカの事情に合わせて設定することが暗黙の了解となっているらしい。

前回の東京オリンピックは一九六四年十月十日、快晴のもとで開催され、爽やかな気候はオリンピックの魅力を伝える重要な役割を担った。

今回もオリンピック期間に合わせて世界各国からたくさんの観光客が訪れるに違いな

い。もし満開の桜や紅葉の時期に開催すれば、最高のおもてなしとなることだろう。日本のみならず、今後は開催期間の決定を開催国の判断に委ねるとしたなら、天候に左右されないスムーズな大会運営とともに、より躍動的なアスリートを目にする機会が増えるのは間違いないことだろう。

# 日本の根底にある不満と矛盾

令和二年一月

「もはや戦後ではない」とは、経済企画庁が一九五六年の経済白書に盛り込んだ一節だが、日本はその後も経済成長を続け、GDPはアメリカ、中国に続いて世界第三位の経済大国となった。平均余命も世界の最高水準にある。世界の住みやすい都市ランキングでも大阪や東京が上位にあるが、本当に日本は豊かな国なのだろうか？ 世界の超富裕層八人と下位三十六億人の資産額が同じというデータには驚くばかりだが、日本の所得格差も深刻さを増している。

ユニセフのまとめた報告書『子どもたちのための公平性』によると、日本の所得格差は、OECD加盟四十一ヵ国中、八番目に大きい国となっている。

また、世界各国の男女平等の度合いを示すランキングで日本は年々順位を落とし、二〇二〇年は百五十三ヵ国中、百二十一位と、先進国では最低であった。男女格差は労働力の不足を招き、経済発展を阻害する大きな要因の一つで、海外の投資家も女性参加の度合いを注視しているという。

日本は戦後七十年を経過し、一見穏やかな日々の積み重ねに思えるが、その根底には多くの不満や矛盾が混在している。この先、資本主義、民主主義の弱点を突いて社会を煽動する動きが現れないとも限らない。一人ひとりが「分かち合い」の気持ちのもと、令和二年を迎えたいものである。

# 婚姻と子供に関する法の見直し

令和三年三月

　最近、妊娠や出生時の婚姻状況によって子供の父親を「推定」する法律（民法）を見直す動きがある。現行法では、結婚から二百日を経過したあと、または離婚後三百日以内に生まれた子は、婚姻中の夫の子とされている。そのため、夫と別居中に別の男性との間に生まれた子の真の父親を求める訴訟も起きている。法務省によれば、戸籍のない人の多くはこの嫡出推定制度に原因があるという。

　中間試案では、「再婚後なら夫の子」という例外規定に加え、「嫡出否認」の権利を、父親のみから、未成年の子にも拡大する（その場合、母親などが代理行使をする）ことが考えられている。さらに、妊娠を機に結婚する夫婦が多いことから、「夫の子」とする範囲を「結婚前に妊娠した子でも結婚後に生まれた子は夫の子」と定めるとのことだ。

　また現在は、制度の矛盾を避けることから百日間に限って女性の再婚禁止規定が設けられているが、これは男女平等の考えに反しているとも言える。そもそもこの法律は明治三十一年以来、改正されておらず、しかし結婚や恋愛に関する社会の考え方はすでに大きく変化している。

今回の見直し案に評価すべき点は多々あるが、もう一歩進んで、親子関係の確定にDNA鑑定を明文化してはどうだろうか。もちろんすべてのケースに求めるのではなく、当事者たちが一致して科学的根拠に基づく結果を望むなら、争点解決の手段に採用するのも有意義ではないだろうか。

# 憲法改正に聖徳太子の精神を

令和三年六月

五月三日の憲法記念日は過ぎたが、最近、憲法改正問題が話題となっている。

改正賛成の理由としては、自衛隊のあり方を含め、時代の変化に対応できていないといった意見が多く聞かれるようになってきた。私も改正に反対ではないが、もし改正するならば、「婚姻は、両性の合意のみに基いて成立し」を改め、同性婚を認めるなど、個人の人権をさらに認めてはどうだろうか。

確かに〝押し付け憲法〟と言われるように、現憲法には日本の再軍備化を防ごうとするアメリカの意図が強く反映されているが、一方で時の為政者の意向を忖度しない民主主義の理想が条文のあちこちに込められている気がする。〝平和憲法〟と言われる所以はそこにあるのだろう。もしそのことを無視して改正されたなら、世界に類を見ない日本国憲法の存在意義が失われてしまうのではないかと危惧している。

さて、今から千四百年以上前に聖徳太子が作ったとされる「十七条の憲法」は、国家主権を柱としていて、現憲法の比較対象とはならないことは言うまでもない。しかしそこには、「和を以って貴しとなす」に始まり、賄賂を止めて公明正大な判決を行うよう求めたり、悪しきを懲らしめ善を勧めたりする条文がある。もし為政者が〝美しい日本〟を築くために憲法改正を進めるのならば、聖徳太子のこの精神を受け継いでもらいたいものである。

# 歴史は繰り返すのか？

平成二十七年三月

最近、ギリシャの財政事情が深刻な事態を迎えているという。

その昔、世界で最初に国際通貨となったのは、フクロウが刻印されたギリシャ（アテナイ）のドラクマコインだった。純銀との交換が保障されたこのコインの登場によって、アテナイの人々の暮らし向きが豊かになるとともに、社会の仕組みも変化していった。政治、学問、芸術が発展し、古代ギリシャ文明が黄金時代を迎えた。鉱山から産出される銀は無尽蔵に思えた。人々はアテナイの永遠の繁栄を信じて疑わなかった。一方、銀山では約二万の奴隷が足輪を付けられ、酸欠と戦いながら鉱石を掘ったという。また、化石燃料のない当時、製錬には大量の木材を必要とした。その結果、アテナイ領土を越えて支配地域の森林が破壊されていった。森林の破壊は土壌侵食を引き起こし、治水の不備からマラリアが蔓延し、人口が激減したという。人口の減少は国力の低下を招いた。はるか昔、紀元前四、五世紀の頃の話だが、最近の話としても通用しそうである。

私たちは歴史から何を学んできたのだろうか。それともやはり〝歴史は繰り返す〟のだろうか。

# 資本主義社会の行き詰まり

平成二十九年九月

アメリカでトランプ政権が誕生して半年、アメリカ第一主義を掲げる政策は、社会の分断をもたらした。

今月、東部バージニア州で、白人至上主義グループが開いた集会と対抗デモを行った反対派が衝突した。集会に参加したグループの幹部は、トランプ氏の「自分たちの国を取り戻す」という公約に傾倒していたという。

トランプ氏を大統領に押し上げた原動力の一つは、現状に不満を抱く白人労働者層とされる。グローバル化の中で移民が安価な労働力として浸透し、働き場を失った白人労働者が、型破りのトランプ氏に現状打破の望みを託すこととなった。

この流れはアメリカだけに留まらない。最近行われた欧州議会選挙では、反ＥＵや移民排斥を訴える極右政党が大きく票を伸ばしたし、フランスでもネオナチと呼ばれる勢力が躍進している。

第二次大戦後、世界は経済成長を続けてきた。経済の成長は人々の暮らしを豊かにし、心に潤いを与えた。しかし戦後七十年、成熟した資本主義社会の先行きに陰りが見えてくると、限られたパイの分け方に不満が生じてきた。そうした結果、「肌の色や出自、信仰を理由に、生まれながらに他人を憎む人などいない（オバマ前大統領ツイッターより）」にもかかわらず、自国や自己の利益や幸せのみを優先する社会へと歩み始めてしまったのではないだろうか。

# 民主主義への不信感とポピュリズム

平成三十年十二月

最近、ドイツを含めヨーロッパでは難民排斥を掲げる政党が勢力を伸ばし、ブラジルでは軍事政権を賛美する人物が大統領選を制した。アメリカでも議会への信頼度が年々減少しているという。こうした背景には、民主主義への不信感があるのかも知れない。

戦後、諸外国では経済復興と民主化が歩調を合わせて進展し、生活の豊かさと民主主義が一体のものとして実感されてきた。しかしここ数年、欧米諸国では経済成長が鈍化するとともにナショナリズムが台頭し、そこにポピュリズム的現象が見られるようになった。もしその背景に「生活への不安」があるとしたら、その不安はうねりとなって新たな救い主を求めがちなものである。

第一次世界大戦後、莫大な賠償を突き付けられたドイツでは国民の不満がヒトラーの出現を許してしまったし、日本でも政党政治に対する国民の不信が軍国主義を招いた一因だとも言われている。

民主主義は人類が手にした理想の政治形態と思えるが、その維持には公平な社会と日々の安定した生活が何よりも大事なことであろう。「人はパンのみにて生きるにあらず」と言っても、人間は「貧すれば鈍する」一面を持っている。今後もポピュリズムはそうした人間の弱さにつけ込んできそうである。

**参考：朝日新聞「ポピュリズムの台頭」ヤシャ・モンク氏記より一部引用**

ポピュリズム：一般大衆の利益や権利、願望、不安や恐れを利用して、既存の体制側や知識人などと対決しようとする政治思想、または政治姿勢のこと。

# 外来種問題から共生社会を考える

平成三年十一月

テレビ東京の「緊急SOS！　池の水ぜんぶ抜く大作戦」という、池の水を全部抜き、そこに潜んでいる生物を調べる番組が人気を博している。実際、水を抜いてみると、北アメリカ原産の大型肉食魚類「アリゲーターガー」や、大怪獣ガメラのような「ワニガメ」の他、ブラックバスなど多数の外来種が生息していて、在来種を駆逐している様が放映されている。

「緊急SOS！」とのタイトルにふさわしく、在来種にとっては救い主となっているが、人為的な行為が過剰捕食を生み、有害生物の被害を後押ししてしまう例もあるという。例えば、ブラックバスを取り除くと、ブラックバスが食べていたアメリカザリガニが爆発的に増える。すると増えたザリガニは水草を刈り取ってしまい、その水草を隠れ家や産卵場所、エサにしていた昆虫などが激減するという。池に棲みついた外来種も当初は人為的なものだったろうが、そこにさらに新たに人の行為が加わると、生態系を乱すこととなりそうだ。

最近、労働力の確保と相まって、出入国管理法や難民認定法の改正が話題になっている。

「今後、日本が目指す外国人との共生社会」をどのような視点から捉えるかは個々の判断によるところだが、私たちの祖先の縄文人や弥生人も、元を正せば外来種であったことをふまえて議論してもらえたらと願っている。

# 農薬と自然破壊、そして健康被害

平成三十一年二月

たまたま手にした本の中に農薬に関する記述があった。

今から二十二年ほど前に遺伝子組み換え種子の商業利用を開始したアメリカでは、ある農薬メーカーが遺伝子工学で一年しか発芽しない種子を作り、その種子が自社製品の農薬にのみ耐性を持つように遺伝子を組み替えることに成功した。この技術は同社に多額の利益をもたらしただけでなく、やがて世界中を、食をめぐる巨大なマネーゲームの渦に巻き込んでいった。

この農薬は当初「害虫だけに有害な夢の農薬」として人への毒性は低いとされたが、ヨーロッパではミツバチの減少や大量死が相次いだことで世界は続々と使用禁止に向かった。一方日本は二〇一五年そしてその二年後にこの残留農薬基準を大幅に緩和した。その背景にはTPPやFTAなどの国家間条約に備え、すべてアメリカ基準に合わせる思いがあったのかも知れない。

日頃から健康のために極力野菜を多く摂るように心がけているが、読み終えた私は有害物質が体に蓄積していく不安を覚えた。農薬の使用量と発達障害や発がん性との相関関係を指摘する声も聞かれる。経済成長を目指す政策が、医療費の増大や国民の健康被害をもたらすとしたら虻蜂取らずの結果となりそうだ。

参考図書　『日本が売られる』（幻冬舎　堤未果著）

# 日帰り旅行と世界の貧困

令和元年八月

先日、ランチバイキングを兼ねた日帰り温泉に行った。バイキングには魅力的な料理が多数並べられていて、サラダから始まり次々口にする料理で胃袋は次第に悲鳴をあげていった。そのあと露天風呂に身を沈めた私は、風に揺らぐ山々の木々を眺めながら、何とはない時間を過ごした。この上なく贅沢な一日に思えた。

帰宅後の夜、家でくつろぎながら観たテレビは、ケニアの貧困を伝えていた。ケニアでは三千人以上の人が「ごみ山」と呼ばれる地域で暮らし、彼らはそのごみの山からかき集めたプラスチックなどをわずかばかりのお金に換え、日々の生活の糧にしているという。辺りにはメタンガスが発生し、悪臭が立ち込めている。

世界に目を向けると、十人に一人が一日に二百円以下での生活を強いられている。また、年間三百五十万人以上の子供たちが飢えに苦しみ、五歳を待たずに亡くなっている。そして、世界の富裕層トップ八人の資産の合計額は、世界の人口の約半分を占める貧困層三十六億人分の資産の合計額に匹敵するという。

以前、「あなたは貧困が社会的不正義だと思いますか?」と問いかける新聞記事を目にした。日頃私は、「うん、不正義だ」と思っているが、日々の生活を振り返ると、その思いとは裏腹に無頓着に暮らしている自分がいる。そんな私にとって、バイキングで口にした甘いデザートは〝イエスの荒野の四十日〟にも似た悪魔の誘惑の一つだったのかも知れない。

# 語り継ぐべき戦争の悲惨さ

平成二十五年十二月

毎月一回、朝日新聞には「声　語りつぐ戦争」という、戦争体験者の投稿が掲載されている。今日、手にした新聞には（十一月十九日付）、「少年飛行兵に憧れ、十五歳で海軍甲種飛行予科訓練生になり、やがて人間爆弾と言われた特攻機の隊員となった話」「軍国教育を受けた十七歳の少年が、日米開戦の臨時ニュースに全身の血が沸いた話」「ミッドウェー海戦から奇跡的に生還したが、再びソロモン海戦に臨み、かろうじて生還した話」など、悲惨な話が溢れていた。

ここで語られている一人ひとりは、まさしく国の消耗品だった。その反省のもとに、戦争放棄を明記した平和憲法が作られたはずである。しかし、戦争を知らない世代が政財界の中心となるにつれ、再び危険な道に向かい始めているように思えてしまう。

最近､国は「道徳教育の充実」を目指しているが､「戦争の悲惨さを語り継ぐ教育」こそ、日本の健全な発展のために必要なことではないだろうか。

## 戦争に対する天皇陛下のお言葉

平成二十六年二月

平成二十五年十二月、天皇陛下（現在上皇）の八十歳の誕生日に行われたご会見は、心に響く内容だった。陛下の学齢期に始まった戦争への道は、小学校の最後の年に終戦を迎えたとのことで、お言葉の中でこう述べられた。

「この戦争による日本人の犠牲者は約三百十万人と言われています。前途に様々な夢を持って生きていた多くの人々が、若くして命を失ったことを思うと、本当に痛ましい限りです。戦後、連合国軍の占領下にあった日本は、平和と民主主義を、守るべき大切なものとして日本国憲法を作り、様々な改革を行って、今日の日本を築きました。戦争で荒廃した国土を立て直し、かつ、改善していくために当時の我が国の人々の払った努力に対し、深い感謝の気持ちを抱いています」

大日本帝国憲法のもと、昭和天皇は臣下の具申により戦争を選択した。そしてその戦争は、原爆投下により終了することとなった。陛下のお言葉は、その間の、父である昭和天皇の苦悩を代弁しているようにも思える。また、陛下はもとより昭和天皇も、A級戦犯が合祀されてからは靖国神社を一度も訪れようとはしなかった。

# 黒い雨

令和二年十月

自宅の本棚で探し物をしていると、井伏鱒二の『黒い雨』が目に入った。折しも新聞で「黒い雨訴訟」のことが報じられていたので、三十年前に購入したこの一冊を改めて読み返してみると、一瞬の閃光のもとに破壊された街の様子や、無数の死骸、そして行き場を失った人々に降りそそぐ黒い雨の様子が描かれていた。

太平洋戦争が侵略戦争だったのか自衛のための戦争だったのかはここでは問わないが、どんな戦争であっても、負けたときには責任が問われるし、被害を最小限に留める努力が求められるのは、いつの世も変わりない。

真珠湾攻撃に始まり、破竹の進撃に沸き立った日本軍が守勢に回ったのは、開戦してわずか六ヵ月後のことだった。そして終戦の年の二月には、ルーズベルト、チャーチル、スターリンによって日本の戦後処理が話され、七月には日本の降伏条件を記載したポツダム宣言が提示されたが、日本政府はこれを無視した。

歴史に仮定はないが、もしこの時点で敗戦を受け入れていたら、北方領土を失うことはなかったし、五十万人以上の命を奪った原爆による被害も免れたはずである。

国は、黒い雨訴訟判決に告訴する方針を示したが、戦争終結の判断の遅れを認識するならば、苦しみの中で生存する被害者救済に最善を尽くす姿勢を示すのが肝要ではないだろうか。

（令和三年八月　国は黒い雨訴訟の上告を見送りました）

# 戦争を国民全体で総括すべき

平成二十七年九月

日本はなぜ太平洋戦争へと向かったのだろうか？　一九四一年十二月八日、戦争回避に向けたアメリカとの瀬戸際の交渉にも失敗した日本は、ついに対米戦争という悲劇的な過程に足を踏み入れた。緒戦の奇襲作戦に成功した日本軍は、東南アジア各地へと急速に進出していった。しかし、ミッドウェー海戦を境に形勢は逆転し、やがて二箇所への原爆投下を受けて敗戦を迎えることとなった。

さて、この戦争の目的は何だったのだろうか？　安倍首相が談話で述べたように、「新たな国際秩序への挑戦」だったのだろうか？　大東亜共栄圏の建設はアジアの解放が主眼だったのだろうか？　あるいは自衛のための戦いだったのだろうか？　石油をはじめとする天然資源の獲得を目指した侵略戦争だったのだろうか？

こうした様々な見方が存在するのは、この悲惨な結果を招いた戦争を国民全体で総括してこなかったからではないだろうかと思う。過去の歴史に真正面から向き合い、謙虚な気持ちで過去を受け継ぐためには総括が大事だし、さらに、なぜ総括しなかったのか、あるいはなぜ総括できなかったのか、その原因を究明することがより重要だと私は考えている。

# 学徒出陣と戦争

令和三年一月

最近、我が家の本箱にあった『或る遺書について』（塩尻公明）を目にした。発行年月日は昭和二十三年十二月。多分、高校時代に手にしたのではないかと思われた。そこにはシンガポールの刑場で戦争犯罪人として死刑の宣告を受け、処刑された一人の青年の遺書が掲載されていた。

大学入学後まもなく学徒出陣し、南方派遣軍の一員としてインド洋の孤島に向かった彼は、英語に熟達していたため、現地の住民に指令する任に当たった。さらに終戦の直前に、スパイの検挙により多数の島民が処刑されたとき、その取り調べにかかわったことが不利な状況を招いてしまった。

彼はもともと軍隊と戦争が何よりも嫌いな青年で、島にいた間も他の日本軍人のような残虐行為は一切しなかったが、法廷では上級者の将校たちから真実の供述を厳禁されていたという。彼は死に際してこう語っている。

「満州事変以後特に南方占領後の日本軍人は残虐行為を行ってきた。しかし国民は軍人を非難する前に、そうした軍人の存在を許容してきたことについて責任があることを知らなければならない。日本がこれまでしてきた数限りない無理非道を考えるとき、世界が非難するのは当然である。私の死によって世界人類の気持ちが少しでも休まれば幸いである。日本の軍隊の犠牲になったと思えば死にきれないが、日本国民全体の罪と非難とを一身に浴びて死ぬのだと思えば、腹も立たないで死んでいける」

さらに、何ら恥ずることのない行動をとってきたつもりだが、戦争犯罪者たる汚名を下されたことがこれからの家族の生活に支障をきたすのではないか、と心配しながらも、「日本国の将来のために一つの小さな犠牲となることの故に死んでいける」と言い、「ここまで生き残ってきたことが既に感謝すべきことで幾百万の同様の運命にあった死者たちのことを思えば、生き残りたいという希望をもつことすら不正と感ずる」と心境を述べている。

そして彼は最後に、家族のことを心配しながらも、ここまで生き残ってきたことに感謝しつつ、平然と死を迎えたという。

読み終えた私の手元に、国連ＵＮＨＣＲ協会から支援をお願いするパンフレットが届いた。私は少しでも彼の死に報いることに繋がればとの思いもあって、わずかばかりのお金を寄付することにした。

私はこの本を読んで、この上ない悲しみを感じた。戦争末期、雨の降る神宮外苑において学徒出陣の壮行会が行われた。二万五千人の学生たちを前に演説した東条英機の肉声は、悪魔の叫びにも等しいようにも思える。そして彼らは、「天皇陛下万歳！」の声を背後に受け、戦場へと送られていった。

学徒出陣のみならず、この戦争により命を失った日本人兵士や一般人の総数は三百十万人。そしてアジア・太平洋諸国の人々は一千万人以上（一説には二千万人以上）が犠牲となったと言われている。

一九四二年に東条英機が述べた「生きて虜囚の辱めを受けず」の戦陣訓は、多数の玉砕や自決の一因となってしまった。これらの人々にはそれぞれの人生があっただろうし、彼らの両親や配偶者、兄弟、そして子供などの人生まで狂わせてしまった。

古来、戦争は国家や民族の存続のために行われてきたが、この太平洋戦争がアジア解放のための戦争だったのか侵略戦争だったのかは、今も意見が分かれるところである。その背景には、勝者が敗者を裁くといった裁判が東京をはじめ各地で実施されたが、まさしく「力は正義なり」ということで公平性に欠ける裁判だったことがあるのは言うまでもない。

またそのことは別として、本来は戦勝国による裁判だけによらず、日本人によりこの戦争を検証し、問題点や責任の所在を明確にする必要があったと思う。そして、もし反省すべきことがあったなら、国民のみならずアジア諸国の人々にも、終戦後すぐに謝罪の気持ちを伝えられたのではないだろうか。

私は、日本が戦争責任を論ずる機会を持てなかった原因は、戦争遂行にかかわった官僚や軍人の多くが、敗戦後も日本の政治・経済を動かす主要なメンバーの一員となったために、大きな発言力を持っていたことが挙げられると思う。

私たち人間はこの地球上に誕生以来、民族の闘争を繰り返し、そのたびにより強固な武器や防具を開発してきた。強固な武器はより強い殺傷力を生み出し、多くの犠牲者を出してきた。特に産業革命以降、イギリスをはじめとするスペイン、フランスなどのヨーロッパ諸国、そして少し遅れてアメリカも、武力を背景に、資源と海外市場獲得や国内の人口問題のはけ口として、あるいは国内の失業問題の解決策として、アジア諸国を植民地、あるいは植民地化してきた。

一方、日本は長い間の鎖国政策の影響もあって、江戸幕府崩壊後に成立した明治新政府は列強諸国の支配下にならないよう富国強兵に努めた。その結果、一八九四年の日清戦争、一九〇四年の日露戦争に勝利し、新たな支配地を確保した。また一九一一年には韓国を統治下に置き、一九一四年の第一次世界大戦ではイギリス、フランス、アメリカなどの戦勝国側につき、わずかな損害にもかかわらず、ドイツに代わって中国山東半島近くの青島や膠州・済南を結ぶ鉄道を獲得するとともに、南洋諸島を委任統治領にした。その後も日本は中国を支配下に置こうと、一九三一年に関東軍の暴走による満州事変を起こし、その日中戦争の終結を見ないうちに、アメリカ、イギリスなどを敵国とする太平洋戦争に突入していった。

明治新政府が発足した当時の弱肉強食の世界では、国家の独立を守る、あるいは国の繁栄を求めるためには、戦争に訴えるという選択肢に限られていたことであろう。特に、遅れて世界の仲間入りをした日本にとっては、切実な問題だったことは理解できる。ただ、そうだからこそ、国家の先行きの舵を握る為政者の役割は重大であった。

日中戦争当時、ヨーロッパではドイツのヒトラーが破竹の勢いでフランス、ロシアそしてイギリスに攻め入ろうとしていた。すぐにも世界制覇を成し遂げるようにも見えた。イギリス側につくかドイツ側につくか迷った日本政府は、一九四〇年、日・独・伊の三国同盟を締結した。私はこれが大きな過ちだったと思う。日本の中国進出に対するイギリスやアメリカの動きを牽制する狙いもあってのことかも知れないが、当時のアメリカ、イギリスの国力を見れば、ドイツと同盟を結ぶのは例えようのない愚かな行為だったと言えるのではないだろうか。日清戦争、日露戦争、第一次世界大戦の成功体験が、日本政府から冷静な判断力を奪ってしまったことも原因の一つかも知れない。

やがて日本は国際連盟を脱退し、孤立化を深めて太平洋戦争へと向かっていく。アメリカとの戦争回避に向けての努力を払う動きもあったが、最後は軍部の意向・方針が優先されてしまった。軍部が実権を握っていった背景には、地主や資本家が支持する政友会や憲政会といった政党内閣に対して、不信感が醸成されていったことが挙げられる。

この当時、選挙権を持つ者は納税金額により限られていたこともあって、政党内閣は一般国民の支持を失っていった。そして「国家改造論」を唱える改造団体が登場してきたが、彼らの主張の中には、①普通選挙の実施、②身分差別の撤廃、③労働組合の公認、④国民生活の保障などがあった。こうした時代背景の中、政党内閣に代わって軍部が実権を握ることになっていったのだが、この流れをドイツのヒトラーの登場とも似通ったところがあるように私は思っている。

さて、日米開戦は様々な理由からやむを得なかったと言っても、最大の過ちとして、敗戦の時期を逸したことを強く指摘したい。当初、短期決戦を考えていた軍部にとって、ミッドウェー海戦で負けを認めていれば学徒出陣はなかったし、せめて終戦の年のヤルタ会談が行われた二月の時点で敗戦を認めるべきであったし、それが無理ならばサイパン島全滅の時点でこれ以上の戦争の続行は諦めるべきであった。しかし軍部の無謀な戦争続行により、貴重な数多くの人命が、そしてその家族の生活が奪われてしまった。

どうしてこうした悲惨な戦争が起きるのか？　その原因は、「待っていると相手にやられるかも知れない。やられる前に相手を倒してしまおう」という「不安、猜疑心、恐怖心」が人間の心を支配しているからではないかと私は考える。人類が今日の繁栄を築けたのは「分かち合い」の気持ちを兼ね備えていたからであるが、一方でこの「不安、猜疑心、恐怖心」も同時に人類の誕生以来持ち続けているものであるならば、残念ながら今後も戦争はなくならないだろう。もしなくすことができるとしたら、過去の過ちを謙虚に反省する心にあるだろうが、喉元過ぎれば熱さ忘れるのも人間の特性である。

自らもかつて戦争に駆り出された経験のある田中角栄元首相は、「自分たち戦争を経験した者が国の政治を司っている間は安心だが、戦争を知らない世代が国を動かすようになったときが心配だ」と語っていたが、最近の政治情勢を見ていると、その危惧がすぐそばまで迫っているように思えてしまう。

参考：『それでも、日本人は「戦争」を選んだ』加藤陽子（朝日出版社）
『東京裁判弁護雑録』島内龍起

# 争いの遺伝子

平成二十四年三月

約十万年前、アフリカで暮らしていた私たちの祖先（新人類）は、何度も滅亡の危機に見舞われた。その一つが氷河期の到来であり、人口はわずか数千人に減少したという。しかしその一万年後、彼らは南極大陸を除く世界中に広がっていった。それを可能にしたのは、防寒具の使用や動物を捕獲するための投擲具《とうてきぐ》（槍の一種）の発明だ。さらには、大きな集団を形成できたことだった。彼らは互いに物を分け合ったが、集団の形成には掟《おきて》（ルール）が必要であり、掟を破る者には投擲具を使用して罰を与えた。彼らは親しい者の痛みには哀れみを感じたが、秩序を乱した者が受ける罰に不快な感情を持つことはなく、当然だと感じた。それは脳の働きによるものだ。

人口の増加は、やがて部族間の殺し合いを招いた。このときも投擲具が使用された。時代とともに、敵を倒すための武器は、弓矢・鉄砲・ミサイルと形を変えていったが、飛び道具であることに変わりはない。

そして現在も世界各地で起きている紛争を見れば、私たちにも祖先と同じ脳の働きをする遺伝子が受け継がれていることは明らかである。

# 祖先のＤＮＡ

平成二十六年十月

片道二〇キロ以上をかけて学校に通うアフリカの子供たちの姿がテレビで放映されていた。四時間近くかかるその道中には、猛獣が寝そべっていたり、険しい山道もあったりし、兄弟や仲間同士、幼い者をかばいながら歩く姿があった。

「大きくなったらお医者さんになって病気の人を救ってあげたい」

「学校に行けない友達に、習ったことを教えてあげたい」

そんなことを語る子供たちの目は輝いていて、彼らの言葉や姿に人間の原点を見る思いがした。約二十万年前に出現した私たちの祖先（ホモ・サピエンス）は、一時期一万人以下に減少してしまったという。氷河期が原因だったが、祖先はその逆境を乗り越えた。彼らには自分の体を変化させる適応力があった。相手の感情を読み取る能力を備えていた。食糧を皆で分かち合うことができた。そこには弱い者を皆で守る共同体があった。

現在、貧富の差は年々拡大しているし、一日に約四万人が飢餓で亡くなっているという。私たちは誰もが祖先のＤＮＡを受け継いでいるはずだ。その働きを阻害する要因は、どこにあるのだろうか？

# 人類の発展と滅亡の陰にウイルスあり？

令和二年四月

約五億年前の海中に、体長一メートル前後のアノマロカリスという生物が出現した。アノマロカリスはこの時代の生態系の頂点に君臨し、二千万年ほども繁栄を極めたが、突然姿を消し、その遺伝子を受け継ぐ生物は現存していないという。絶滅の原因は解明されていないが、彼らを狙い撃ちしたウイルスが存在したのかも知れない。

四十億年前に出現したというウイルスは、人類の発展に大きくかかわってきた。新人類の歴史はわずか二十万年だが、私たちの祖先は十二万年前に発生地のアフリカ大陸からヨーロッパへと旅立っていった。その背景には「感染症からの避難」があったという説もある。

その後、人類は医学を発達させ、細菌やウイルスの撲滅に努めてきたが、ウイルスは巧みに「新型」を繰り出して対抗してきた。今問題の新型コロナウイルスの原型は、紀元前八〇〇〇年ぐらいにでき、その後、野生動物や家畜に潜んでいたと言われている。そして二〇〇二年にSARS、二〇一二年にMERSと姿を変え、人類に襲いかかった。

新型コロナウイルスに対するワクチンや新薬のいち早い開発が望まれるが、この先、変幻自在に遺伝子を変えるウイルスに対抗し続けることができるのだろうか？

　恐竜の絶滅は隕石によるものとも言われている。もし人類が滅亡するとしたら、核兵器ではなく、その原因としてウイルスの関与があったとしてもおかしくはない話である。

# ニュージーランドの新型コロナウイルス対策

令和二年五月

ニュージーランドの新型コロナウイルス対策が「世界中から絶賛されている」という。ウイルス対策の目標に「根絶」を掲げ、全国民に世帯ごとの隔離や、一部の職種を除き自宅勤務を課しているが、自宅で仕事できない人には週に二万円から四万円近くのお金が支給されている。他国に比べその対応は厳格だが、世論調査によれば、九二％の人が政府の方針を守り、八四％の人が政府の方針に賛成し、政府に信頼を寄せる人は八八％となっている。

その背景には首相（女性）の、国民の不安をくみ取り、慰め、意思疎通を図る姿勢とともに、巧みなコミュニケーション能力があるという。彼女は自らの気持ちを伝えるために毎日一回、会見を行っている。また自作の「警戒レベル表」には、レベルごとの状況や、「していいこと」「してはいけないこと」がわかりやすくまとめられている。迅速な「接触者追跡」も欠かさない。さらに、保健省のサイトの感染者に関するリストには、性別、年齢の他、海外渡航先や搭乗日や搭乗地、便名に至るまでの情報が網羅されている。

各国の取り組む姿勢の差異は、「人命優先」と「経済優先」に大別される。その選択は指導者の考え方に加え、国家形成の過程や国民性によるものと言えそうだが、果たして日本の対応は的確だろうか？「二兎を追う者は一兎をも得ず」にならなければいいと願っている。

# オリンピックと新型コロナウイルス

令和三年五月

オリンピック開催まであと三ヵ月ばかりとなったが、本当にオリンピックは開催されるのだろうか？　もちろん賛否両論があることは理解しているが、私は開催に反対である。そもそも安倍元首相は、「我々人類が新型コロナウイルスに勝った証として、感染対策を万全なものとし、世界中に希望と勇気を届ける大会を実現する」と述べたが、果たしてウイルスに打ち勝っているのだろうか？

ワクチンが開発されたとはいえ、その普及は十分でなく、今も世界では一日八十万人以上が感染し、一万人以上が死んでいるという。さらに南アフリカ型やブラジル型といった変異ウイルスへの対応は確定されていない。

国は景気浮揚と支持率アップのためにオリンピックを活用したいのだろうが、開催となれば、たとえ制限しても諸外国から新型コロナウイルスが新たに持ち込まれる可能性は否定できない。この際オリンピック開催を中止し、国民の健康を第一に考え、経費や人員を新型コロナウイルス対策に振り向けるべきではないだろうか。また、ひっ迫する病棟や療養施設の確保には、オリンピック村の開放を提案したい。

実現には様々な障壁があるだろうが、国を挙げて新型コロナウイルス撲滅にあたることが、経済回復の早道ではないだろうか。

（二〇二一年、東京オリンピックは国民の過半数以上の反対にもかかわらず開催されました）

# 「愛」の窓辺から

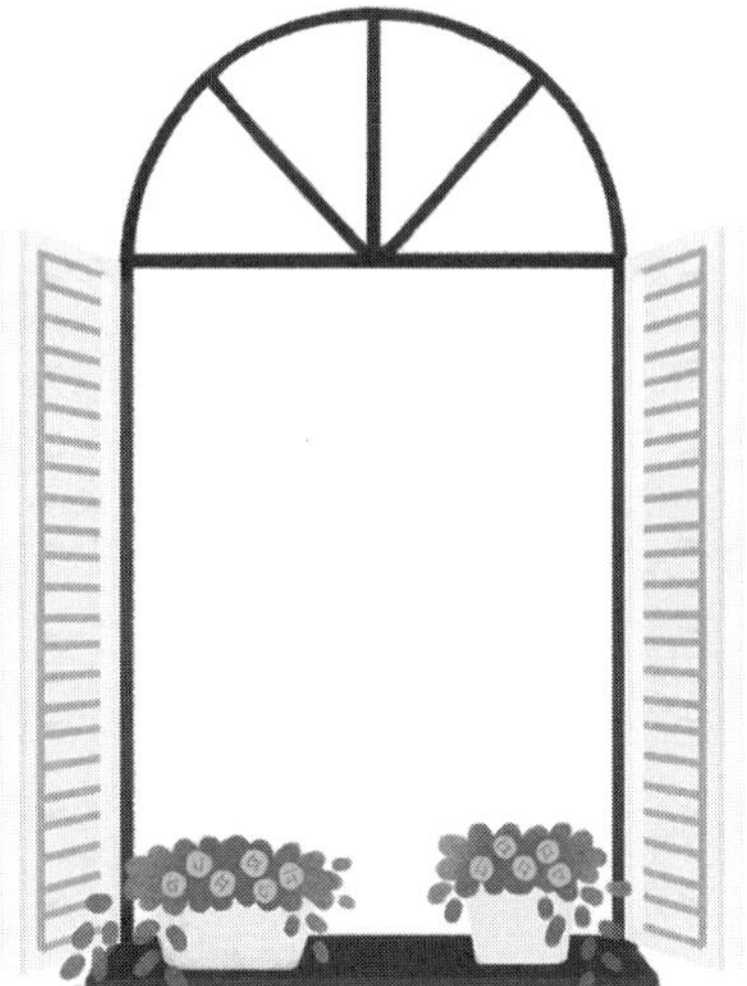

# 利用者が主役

平成二十五年十月

旭ヶ丘老人ホームでは毎年八月初旬に納涼祭を開催してきたが、今年は中止した。毎回、地域のボランティアによる催し物は大変好評だが、利用者が脇役に追いやられてきたように思えたからだ。また、重度化した利用者にとっては、例年にない暑さも心配だった。そこで今年は時期を遅らせ、「自然・家族とのふれ合い in Summer」をテーマにして夕涼み会を行った。

家族を交えた園庭での食事の際には、あちこちに話し声が溢れていた。職員の手による踊りも好評だった。利用者や家族の笑顔が夕闇に吸い込まれていった。

夕涼み会から何日か経ったある日、利用者Aさんの病が重くなり、入院を勧めた。嘱託医も勧めた。家族に異論はなかった。しかしAさんは、「私は九十二歳だよ。今のままで満足だよ。ここにいたらお風呂に入れるかも知れないでしょ」と入院を拒んだ。

平穏な日々の暮らし、そして人間らしく生きることを願っているAさんの心情に触れた看護師は、その人のすべてを受け入れてその人らしさに寄り添うケアの大切さを実感した。

九月になって開催された敬老会のテーマは、「今！　一日一日を大切に」だった。

# 〝今いる場所で咲く〟手助け

平成二十八年十月

旭ヶ丘老人ホームでは、今年も敬老の日の催しが行われた。今年のテーマは「今いる場所で咲きましょう」とした。ベストセラーとなった本『置かれた場所で咲きなさい』(渡辺和子　幻冬舎)の題名をもじった何気ない言葉だが、介護にかかわる職員全員の気持ちが込められていた。看護課、介護課、栄養課、そして総務課との間で真剣な打ち合わせが行われ、利用者やご家族に喜んでもらいたいとの気持ちが職員の心を一つにした。

最高齢百七歳のAさん他、十名への花束贈呈や、その他の式が終わると、ご家族は利用者と食事を摂るまでの間、語らいのひと時を楽しんだ。ご両親を囲む娘さんや息子さんの姿があった。お孫さんの姿もあった。ひ孫の写真に涙する姿があった。笑い声が部屋や廊下に溢れ、利用者の顔にも普段では見られない笑顔があった。普段では考えられないほどに食が進む人もいた。入所者五十人がここで暮らすことになったのには、それぞれの理由があることだろう。そして彼らは、ここで一緒に過ごす人を選んだわけではない。そうした中でも、一人ひとり毎日精一杯咲いて欲しい。そして私たちは、その花が咲き続ける手助けができたらいいなと思っている。

# 利用者に感謝する気持ち

平成三十年十月

神奈川県では、介護現場の苦労話などを綴った作品を募集している。今年で七年目ということだが、県の担当者から、「そちらの施設の職員K君の作品が入選候補になっている。ついてはその内容が真実か調べに行きたい」との連絡があった。

調査に来られた方はK君に詳細に、作品の内容の過程を聞き取ったが、会話を進めるうちに彼の人柄に惹かれていったようだった。

彼の文章は「ありがとう」の言葉で埋め尽くされていた。経験が浅かった彼は、とある一人の利用者から、「感謝する気持ちは相手に求めるのではなく、自らが感謝する心を持つ」ことの大切さを教えられたという。

私はK君の作品の中に、旭ヶ丘老人ホームが日頃から職員に求めている、介護に対する姿勢を読み取ることができた。彼の作品を読んで感動するとともに、私自身も今まで以上に、利用者や職員、そして地域に感謝する気持ちを持つことの大切さを教えられた。

# 心の柔軟性

平成三十一年五月

平成が終わりを告げ、令和となった。平成六年に理事長に就任した私は、その十年後に施設長を兼務し、月一回「お楽しみ会」と称して入所者と接する場を設けた。そこでは一緒に百人一首をしたり、話の時間を持ったりした。

Tさんは超高齢にもかかわらず、私の恐竜の話を目を輝かせて聞いてくれた。認知症でつい少し前のことも覚えてないHさんは、教育勅語を滑らかな口調で最後まで一気に暗唱した。そうした姿はとても可愛らしかった。

歳の差もあってか、最初は自分とは別世界の人のように思えたが、時を重ねるうちに、いつしか私の何年後かの姿を彼らの中に見るようで、親しみの感情と同時に、人間としての共通点を見た気がした。

そして令和へと時は進み、介護される側へと私の立場は逆転しつつある。その私が若者から親しみを持ってもらうには、彼らに何かを求めるのではなく、私が若者を受け入れる心の柔軟さを保つことが必要で、そのことで彼らも私の中に共通点を見出してくれるのではないかと思うようになった。

# 家族と過ごすような施設に

令和元年六月

以下は、当施設の開所記念式に当たり、入所者を前にしての私の挨拶の抜粋である。

「春を待ちわびて咲く満開の桜のあとは鶯の声。色とりどりのツツジの花のあとには暑い夏。秋風になびくコスモスが姿を消すと、山々には紅葉が。そして、どんよりとした冬が過ぎれば、また春がやってくる。旭ヶ丘はそんな美しい自然の営みを三十六回もくぐり抜けてきました。この古い施設を訪れる方々からは、『施設は古いけれど、とても綺麗で、職員たちもゆったりしていますね』とお褒めの言葉をいただくことがあります。施設が醸し出すこの雰囲気は、ここで働く職員と皆様との、和やかな家族のような関係が生み出すのではないかと私は思っています。これからも仲の良い家族のような関係を作っていくためには、法人や職員の努力は当然ですが、皆様一人ひとりも、お互いを大事にし合いながら暮らすことも大切でしょう。喧嘩することもあるでしょう。でも、大事にする気持ちがあれば、喧嘩はすぐに収まります。同じ時間を過ごすなら、笑顔に包まれて過ごしたいものですよね。是非、これからの人生を皆で楽しく暮らしていきましょうね」

## 思い出深い利用者とバリデーション療法

私が理事長に就任し、そして施設長を兼務して何十年かが経過し、多くの高齢者に接してきた中で、認知症の進んだHさんのことが懐かしく思い出される。

Hさんは早朝になると事務所にやってきて、

「昨晩、誰かが寝床にやってきて私のお尻を触っていた」

と訴えた。

「そうですか、そんな悪い人がいましたか。誰が入ってきたんでしょうね。ところでHさんは、教育勅語を全部暗記しているんですよね。すごいですね。聞かせてくれますか？」

と話題を変えると、

「朕惟《ちんおも》フニ、我ガ皇祖皇宗國《くに》ヲ肇《はじ》ムルコト宏遠《こうえん》ニ、徳ヲ樹《た》ツルコト深厚ナリ。我ガ臣民克《よ》ク忠に克ク孝ニ――」

と、全文を一気にそらんじてくれた。

教育勅語には元来、愛国主義と儒教的道徳を基本とする教育の理念が込められているが、戦時中は軍国主義を正当化する教典として利用されるようになっていて、Hさんも毎朝、学校の朝礼で暗唱させられたとのことだった。

また、Hさんは両親が選んだ相手と結婚したが、旦那様の顔を見たのは結婚式の当日が初めてとのことだった。当施設の若い女性職員たちにこの話をすると、多くが「信じられない！」と目を丸くした。


認知症が進み、日頃から帰宅願望の強いMさんが、あるとき「お腹が痛い」と訴えてきた。その状況をご家族に伝えると、娘さんがすぐに飛んできた。

医療スタッフは嘱託医に症状を伝え、診察を仰いだが、異常は見つからなかった。

数日ののち、痛みを訴えなくなったMさんに、看護師が、

「Mさん、悪いところはどこもなかったですよ。お腹が痛いというのは嘘だったのかな？」

と優しく話しかけると、Mさんはこう答えた。

「そう。お腹は痛くなかったよ。でも、ああでも言わないと娘は来ないからね」

その言葉に、看護師も私も顔を見合わせてしまった。


介護保険制度がスタートする前、措置時代の福祉現場はいろいろな面でゆったりしていたのかも知れない。元気な利用者も多くいて、私は毎月「お楽しみ会」と称して、利用者

たちと一緒にゲームをしたり話をしたりした。百人一首を用いての「坊主めくり」や、かるた取りもしたが、Tさんはいつも真っ先に参加してくれた。そのTさんは、私が時折、二億五千万年前から六千五百万年前まで地球の王者だった恐竜の話をすると、目を輝かせて聞いてくれた。

Tさんは人望もあり、入所者たちのリーダー的存在だったが、二十二年間この施設で暮らし、百一歳で永眠された。

Wさんは私の母と生まれた年が一年違いで、母が娘時代に通った高校の近くの出身だったこともあってか、印象に残る人だった。

Wさんは八王子で生まれ育ったが、自分の娘を津久井に嫁がせたということで、「あんな田舎に嫁がせて、かわいそうなことをした」とずっと思っていたそうだ。しかし、その津久井に住む娘さんの縁で、この施設に入所することになった。

入所前には、「老人ホームってどんなところだろう？　介護者に虐待を受けたという話を新聞で読んだことがあるけれど、私もいじめられるのだろうか？」と、鬼に出会うような不安な気持ちだったとおっしゃっていた。しかし、入ってみれば皆優しく、安心したのは間違いないと私は思っている。

Wさんは施設の「お楽しみ会」にもよく参加され、聡明ぶりをいかんなく発揮していた。そして毎日ノートに細かい字で日記を書いていて、それは亡くなる直前まで続けられていた。

約八年この施設で暮らし、百二歳で永眠されたが、私はその日のことを鮮明に覚えている。その日、早朝に出勤した私は、職員からこう報告を受けた。

「深夜、Wさんが一瞬、意識を失いましたが、今は意識も戻っていて元気です。でも心配なので、ナースに伝えるとともに、ご家族にも電話を入れているのですが、繋がりません」

「わかった。君は朝の仕事があるだろうから、ご家族には私が連絡しておく」

そう言ってWさんの居室に行ってみると、Wさんはいつもの表情で、

「おはようございます。今は気分も悪くありません。大丈夫ですよ」

と私を迎えてくれた。

そのあと私はご家族に電話をかけたが、やはり繋がらない。しばらくすると、ようやく繋がった。

「Wさんが深夜に一瞬、意識を失いましたが、今はお元気です。心配はないと思いますが、念のため連絡を入れました」

そう伝えると、午前中のうちに娘さんがお孫さんを連れてお見舞いにやってきて、しば

らくWさんと団欒した。

そしてWさんの、「気をつけて帰りなさい」との言葉を背に、施設をあとにして車に乗ろうとしたご家族に、

「大変です！　Wさんが息を引き取りました」

との言葉が投げかけられた。

死の直前に家族と面会し、しかも苦しみもなく天寿を全うされたWさんの死は、まさしく大往生と言えるのではないだろうか。


百四歳で亡くなったSさんには、九人のお子さんがおられた。施設での在籍期間も長かったので、私はよく、Sさんが畑仕事をしながら赤ん坊を背負って子育てをした思い出話や、その他とりとめのない話を聞かせていただいた。そして、

「わたしゃ、先生が大好きだよ」

と、顔をしわくちゃにしながら言ってくれたことを覚えている。

そんなSさんの口癖は、「先生、早くお父さん（ご主人）のところに行きたいよ」だった。

そんなとき私は、

「Sさん、お父さんは何が好きだった？　好きなもの作ってあげたら、お父さん喜ぶだろ

うね。それじゃあ、もう少し上手になってから会ったら、もっと喜ぶかもね。それから会いに行ってもいいのでは？」

と語りかけた。

そして今、この施設にはＳさんの娘さんが二人、入所している。そのうちの一人はＳさんにそっくりな顔立ちをしている。

その他にも思い出深い利用者は数多くおられるが、多くの方は認知症を患っていた。また、今入所している利用者の多くも認知症状を持っている。そんなことで、高齢者のケアには認知症の知識が重要となるが、当施設ではナオミ・フェイルが提唱した「バリデーション療法」を用いて対応している。

バリデーション療法では、認知症の周辺症状を持つ高齢者に対し、「共感と受容」で信頼関係を築き、尊厳を持ってかかわることが基本となっている。その原則は、必ず一人ひとり個別に対応することであり、混乱した行動の裏には必ず理由があって、高齢者の習慣となっている行動を強制的に変えることはできないと考えること。そして偏見を持たないように接すること。また、人は人生の中で様々な課題に突き当たり、その課題を充分に解決できずに過ごしてきているが、認知症になったとき、そのことが心の中に「やり残した課題」として深く心の底に残っていて、それが行動障害として表面化してくると考える。

そうした認知症の高齢者に対し、バリデーション療法では、いくつかのテクニックを使って彼らの人生の過程を四つの段階に分け、その各段階で「やり残した」と感じている心の世界に入り、彼らと一緒になって問題を解決し、安らかな気持ちで死を迎える準備を促すようにしている。

当施設では、高齢者が認知混乱状態にあって、介護への拒否感情、速い動き、抑鬱的気分、転倒リスクがあるなどの困難ケースには、①優しくふれ、②アイコンタクトを使い、③本人と同じような感情・行動に合わせるようにしながら、本人の気持ちを理解するためのテクニックを使用して信頼関係を築くように努めている。

参考：『バリデーション――認知症の人との超コミュニケーション法』
ナオミ・フェイル　監訳・藤沢嘉勝　訳・篠崎人理、高橋誠一（筒井書房）
『ケアワーカーが語るバリデーション――弱さを力に変えるコミュニケーション法』
監修・篠崎人理　日本バリデーション研究会編（筒井書房）

# 愛と人生と……

平成二十四年一月

私が大人になりかけた頃、今後の自分の人生を模索する時期があり、そのヒントを書物に求めた。著名な作家や随筆家の「人生論」を数冊買い求めて読んだが、各人の説くところは様々で、数式を解くような正解は得られなかった。「決まった答えがない」のが正解に思えた。そして、ちょうどその頃、『狭き門』（アンドレ・ジッド）に出会った。神学の真理を探究する心と、恋人への想いに葛藤する主人公の苦悩が描かれていて、若い私にはとても新鮮だった。遠く及ばないながらも、主人公の人間性を少しでも模範とし、そうすれば私も神に愛される人間になれるように思った。しかし、そうした思いもいつしか心の片隅に追いやられ、日々の仕事や楽しみの中に時間を費やしていった。

そして歳を重ねた今、死に際して、「『あいつが死んでくれて良かった』と思われる相手を一人でも少なくし、逆に一人でも多くの人に『彼は良い人だったね』と思われて人生を終えられたらいいいな」と考えるようになった。

そんな思いで辺りを見回すと、黄金色に染まった銀杏の木々の葉に、天国が続いているように思えた。

# 社会に感謝

平成二十四年六月

五月の初めに家に届いた私の介護保険証は、まるで招かれざる客のようだった。「今日からあなたも高齢者の仲間です」との宣告を受けたに等しい。仕事柄、見慣れた保険証だが、自分の名前が記載されているそれは、まるで違うものに見えた。年齢を頭に浮かべ、あと戻りできない過去に思いを馳せた。そして次に、納付金額の多さに唖然とした。

日頃、高齢者福祉の現場に携わっていると、以前に比べて利用者やそのご家族から感謝の気持ちをいただく機会が少なくなったように思える。それを時代のせいにすることで自らを納得させていた。しかし今、自分の保険料を目にすると、「これだけ払うなら、それ相応のサービスを受けて当然だ」と、私は利用者サイドの思考へと一変した。

介護保険サービスの利用に至る経緯は様々であるが、中には持って生まれた障害や、偶然の不幸など、本人の責によらない場合もある。そうした人たちを頭に浮かべながら保険証を見直していると、たいした努力もしていないのに今ある自分の姿がありがたく思えてきた。そして、健康な体を与えてくれた両親や、今日までかかわってきた社会に感謝したい気持ちに包まれていった。

# 秋の日差しに宇宙と地球を思う

平成二十四年十一月

小春日和のある日の午後、私は公園のベンチでひと時を過ごした。太陽の光はとても柔らかく、暖かい空気がゆっくりと体全体に広がっていった。日頃の仕事の煩わしさも忘れて、ポテトチップスを口に運びながら、お日様のありがたさを改めて実感した。二ヵ月前までは照りつける太陽の暑さを厭わしく思っていた自分が勝手に思えた。

さて、はるか昔、約四十六億年前に生まれた太陽系は、秒速二四〇キロの速さで、約二億年かけて天《あま》の川《がわ》銀河系内を楕円軌道を描きながら一回転しているという。太陽系の一員である地球も同じ速さで動いているので、地球は今日まで銀河を二十二、三周したことになる。そして特定の場所を通過するとき、地球に降り注ぐ宇宙線の量が増加し、その結果として寒冷期、あるいは氷河期を経験してきたという。一つの仮説ではあるが、このことが生命の進化、滅亡に大いに関係してきたとも言われている。

最近CO2による地球温暖化が話題となっているが、地球の未来について、私たちの意思や努力はどれほど反映できるのだろうか？　そんな思いでいると、日差しの柔らかさがいつにも増してありがたかった。

# 常識と愛と豊かな社会

平成二十四年十二月

私の結婚式の二ヵ月ほど前のことだ。母が私にこう言った。

「決して相手の両親の悪口を言ってはいけませんよ」

日頃から他人の悪口を言わない母で、その経験から出た言葉だった。子供の頃から母のつらそうな姿を見て育った私は、この言葉を守った。私はたまに結婚式のスピーチを頼まれると、「常識について」話すことを好んだ。要約すると、「常識を辞書でひくと、『誰でも当然に持っているはずの知識や判断力』と載っていますが、結婚すると今まで当たり前と思っていたことが当たり前ではないことに気づくでしょう。愛に満ちた家庭を築くためにも、一日も早く、二人だけの常識を創り上げてください」といったところである。

様々な常識は多様な文化を生み出し、日常生活に膨らみと奥行きをもたらしてくれる。そして互いに他者の常識を受け入れ合うことは、自らの成長を促すとともに、豊かな人間社会へと繋がっていくように思える。そこに人類繁栄のヒントがある気がする。

しかし、果たして私は社会に通用する常識を身につけてきただろうか？　そう考えると少し不安な気持ちに陥ってしまった。

# ドイツに住む孫を訪ねて

平成二十六年一月

行き先はフランクフルト。飛行機は時間に逆らって飛んでいた。十数年以上前からドイツで暮らす娘夫婦と孫を訪ねる初めての旅行だった。

日本時間なら真夜中だが、着陸したときはまだ夕方の四時だった。私は今過ぎ去ったばかりの八時間をもう一度やり直すこととなった。得しているようにも思えた。

娘夫婦の家の居間では、四歳になる双子と、一歳間近の子がくつろいでいた。二重ガラスの大きな窓からは柔らかな日差しが差し込んでいて、時折、娘と子供らの話し声が聞こえてくる。

その話しぶりや仕草、振る舞いの中に、私の子育て時代の遠い昔を彷彿させるところがいくつかあり、娘親子の姿を眺めているうちに、私は次第に後悔に似た気持ちに包まれていった。当時、まだ若かった私は、子供の気持ちを理解してあげることも受け止めることもできなかった。経験を重ねた今なら、もう少し上手に育てられるような気がした。しかし時差の八時間とは違い、過去は変えられないし、やり直すこともできない。ならば、残された時間を有意義に使わなければ……との思いに駆られた一週間の旅だった。

# 雪の日の出会い

平成二十六年三月

この冬の二度にわたる大雪は、私にとっては過ぎ去った月日との再会でもあった。辺り一面の雪野原は、はるか昔訪れたスキー場での思い出に繋がっていった。滑り始めた途端に転倒して骨折してしまった友人の姿、コブだらけの急斜面を目にしたときの恐怖心、その他にも楽しい思い出や苦い思い出が次から次へと浮かんできた。書棚の下に積まれた埃だらけの日記帳を読み返すように、日頃忘れていた事柄が蘇ってきて、まるで昨日のことのように思えた。私の自我も、こうした無意識の世界とかかわりを持っているのだと考えると、思い出の一つひとつが妙に愛おしく思えた。

そして今回の大雪では、仕事を終えてバス停を目指し、足を取られながら雪道を下っていると、一人の青年の厚意により最寄り駅まで車に同乗させてもらうことになった。

車中で挨拶代わりの会話を交わすうちに、彼の人柄の良さが伝わってきた。降り際、わずかばかりの謝礼を申し出たが、彼は決して受け取ろうとしなかった。

私は彼の横顔に、かつての自分を重ね合わせようとした。今はなくしてしまったその純粋さが、雪に映えて眩しかった。

# 神代桜に込められた願い

平成二十七年五月

四月の中旬、山梨県の甲府の少し先の武川町にある神代桜《じんだいざくら》を観に行ってきた。樹齢二千年とも言われるその桜は、日本三大桜の一つであり、遠くには南アルプスの山々が聳《そび》えていた。満開の時期は少し過ぎていたが、幸い天気に恵まれ絶好のお花見日和で、風に舞うピンクの花びらが頬を通り過ぎていった。長い歴史を刻んできた巨木は背丈一〇メートルほどで、四方に伸びた枝には何本もの添え木が充てられていた。幹は瘤だらけで、ごつごつした表皮は大きな溶岩を彷彿させた。神代桜の極盛期は、幕末から明治だったらしいが、戦後まもなく「三年以内に枯れ死する」という宣告を受けた。根圏の環境の急変や悪化が原因の一つと考えられた。その後、詳細な調査により、平成十四年度から四年の歳月をかけて大規模な土壌改良工事が行われ、関係者の情熱と努力により、戦後七十年経った現在、少しずつではあるが勢いを取り戻しているという。

日本では昔から桜は平和の象徴とされてきたが、この桜の花びらの一片いっぺんに、永遠のテーマともいうべき平和を願う多くの人々の思いが込められているようだった。そして、平和のために力を合わせて守っていくべきことは、他にもあると教えられた気がした。

# 良寛さんと泥棒

平成二十八年八月

「おおらかな生き方」をテーマにした早朝のラジオ番組は、江戸時代後期の僧侶で歌人の良寛和尚の逸話を伝えていた。良寛さんに興味を持った私は早速、インターネットで調べた。以下はラジオとネットから得たお話である。

朝早くから托鉢に出たものの、お布施をもらえず疲れて帰った良寛さんは、質素な夕食を済ませると、すぐに床を敷いてぐっすり寝込んだ。ところが、部屋の片隅から聞こえる物音に目を覚まし、良寛さんは泥棒を見つけた。雨戸の隙間から差し込んでくる明るい月の光のおかげで、泥棒が何をしているのかが手に取るようにわかった。泥棒は室内を探し回ったが、めぼしいものは何もない。そこで良寛さんは、両足で掛け布団を蹴りながらわざと寝返りをうち、布団を体から外した。泥棒は「しめた！」とその布団を手に取ると、小脇にかかえて抜き足差し足で逃げていった。何もないみすぼらしい庵に入った泥棒を不憫に思った良寛さんは、泥棒の姿を目にした最初から涙を滲ませていたが、泥棒がいなくなると敷布団の上に起き直り、寝着の袖で目をぬぐった。そして合掌しながら、差し込んでくる光に向かって、「盗人にとり残されし窓の月」と口ずさんだという。

# 家族葬に思う

令和元年七月

先日、知り合いの女性のご主人の葬儀に参列した。子供さんとその連れ合いの方、お孫さんなど、私を含めて総勢八名の家族葬だった。種々の花で埋め尽くされた棺の中にご主人が眠っていて、その表情はどこまでも穏やかだった。魂は家族に見守られながら、いち早く極楽浄土へ旅立ち始めているように思えた。棺を覗き込む子供さんたちの目からは涙が溢れ、彼女は言葉を失っていた。お経を唱える僧侶の声が、柔らかく生花や棺の中に溶け込んでいった。火葬場での待ち時間、子供さんたちがお父さんの思い出を語り合っていた。お孫さんにとっては初めて聞く話も、やがては次の世代に語り継がれていくことだろう。高温で焼かれた遺骨はさらさらとしていた。七十八年の生涯で身につけた苦しみや悲しみなど、すべてを捨て去り〝無の世界〟に帰しているように思えた。

今回、通夜から告別式、そしてお骨上げまで臨んだ私は第三者の立場であり、ご家族の醸し出す心の動きや葛藤を、距離を置いて傍から見つめていた。自分の親族の葬儀では味わえない感覚だった。そのこともあってか、人として生を受け、この世に時を刻む存在の大きさに思いを巡らす二日間となった。

## 親の教え

令和二年七月

とある新聞の投書欄に、昔両親から教わったことや、してもらったことに感謝する記事が掲載されていた。投稿者は何十年か経って親の教えの大事さや愛情の深さに改めて気づかされたという。

一九九七年、黒人初の国連事務総長となったコフィー・アナン氏は、「私の育ったガーナでは、お年寄りが一人亡くなると図書館が一つなくなったと言われています。そのくらい、若者にとってお年寄りから教わることは多いのです」と述べている。

私も古びた分厚い本のページをめくるように育った頃の思い出に心を馳せると、母との様々な光景が浮かんでくる。遊びに明け暮れる私に母が言った、「光陰矢のごとしだよ」というきつい口調は今も耳の奥に残っているが、その母の眼差しは優しく愛情に満ちていた。その他、折々の母の言葉は私の意識の奥底に潜んでいて、今も私の思考や行動の羅針盤になっているように思う。

翻って自分に身を置き換えたとき、私は子供たちに何を伝えることができただろうか？何を与えることができただろうか？　自問を繰り返すたびに、取り戻すことのできない過去の自分の生き様に胸がしめつけられる思いがする。

　失った時間の大切さは、歳とともに増してくるし、子供らへの不安は自分への不安となって返ってくる。

# ドヤ街と無条件の愛

平成二十九年四月

日本の三大スラム街の一つとされるドヤ街「山谷」で、NPO法人「きぼうのいえ」を運営する山本雅基氏の講演を聞いた（山本氏は平成三十年に「きぼうのいえ」を退職・退任）。

「きぼうのいえ」は東京スカイツリーのすぐ近くにあり、行き場がない人々を支援する集合住宅である。

この地区には、戦後の高度経済成長を支えたが、高齢となって仕事もできず生活保護を受けながら三畳一間の「ドヤ」や路上で生活をしている人々が多数いる。彼らの存在を知った山本氏は、マザー・テレサの「死を待つ人の家」をイメージして「きぼうのいえ」を設立したという。

彼らの中には、昔ヤクザだったり、刑務所の世話になった経歴の持ち主もいる。そうした人たちは最初、支援の手を差し伸べても猜疑心が強く心を開こうとしないが、入居して二、三ヵ月すると次第に変化が見えてくるという。スタッフから〝無条件の愛〟を示されることで、愛情を受ける快感に目覚めるのではないかと山本氏は語った。

そして彼らは最後に、「ありがとう」という言葉を残して息を引き取っていく。今までに二百二十人余りの人を看取ったが、誰一人として、自分の人生を恨んで死んでいった人はいないとのことだ。感謝の気持ちで人生の幕を閉じることに勝る幸せはあるだろうか。

# 愛に生きたオードリー・ヘップバーン

平成三十年六月

本屋の片隅で懐かしい名前を見つけた。それは〝永遠の妖精〟と謳われたオードリー・ヘップバーン。彼女の出世作「ローマの休日」を観たのは、私が高校時代の頃だ。ショートカットに細いウエストの溌剌とした彼女の姿は、どこまでも清々しかった。

その後、数々の映画出演によってスターの道を歩んだオードリーは、五十八歳のときにユニセフと出会ったことをきっかけに、六十三歳で亡くなるまでの残りの人生を、戦争の犠牲になったり飢餓に苦しんだりしている子供たちの救済や支援のために捧げた。「ユニセフ特別親善大使」として難民キャンプを訪れた彼女は、その惨状を世界中の人々に訴え続け、やがて「ジーンズをはいたマザー・テレサ」と呼ばれるようにもなった。

幼い頃に陰惨な戦争を体験するとともに家庭環境にも恵まれなかった彼女は、心の奥深くにある愛を大事にし、ユニセフを通して自分の「使命」を知ることとなった。

私が本屋で偶然手にした本は、彼女の美しさの本質が心の内面に潜んでいたことを教えてくれた。

「私たちは生まれたときから愛する力が備わっています。それは筋肉と同じで、鍛えなくては衰えていってしまうのです」というオードリーの言葉は、私の胸を突き刺すように残った。

参考：『オードリー・ヘップバーンの言葉』山口路子（大和書房）

# 本当のノーマライゼーションとは

令和二年三月

一人の少年が、「〝しょうがい者〟という言葉は、呼ばれた人が嫌だから言い換えよう」と新聞に投稿した。するとそれを読んだ人から、「〝障害〟とはその人を指すのではありません。障害とは〝しょうがい〟を持った人と社会の間にある壁のことです」との投稿が寄せられた。

手足が短い難病の娘を持つNさんは、今後の娘の生活を思い描いたとき、身長を伸ばす手術を医師の勧めに従って行うべきかどうか迷っていたが、この投稿を目にして心のもやもやが晴れ、あるがままでいいんだ、という気持ちが固まったという。

障害者の自立が話題になるとき、「依存からの脱却」が語られることが多い。何年か前、生まれながらの難病を抱えて育った医師の講演を聞いたことがある。彼は、「健常者は障害者と違って多くの物に依存できる社会の中で生活している。障碍者の自立を促すためには、もっと依存の機会を増やせるよう、人為的環境のデザインを変えることが大事だ」と語っていた。

私自身、眼鏡や補聴器の使用、その他多くの物に依存して生活しているし、他の健常者とて大同小異だろう。障害者に自立を促す前に、彼の言うように「しょうがいしゃ」が依存できる場や機会を増やすことが、ノーマライゼーション（分け隔てのない社会の構築）に向けての大事な処方せんではないだろうか。

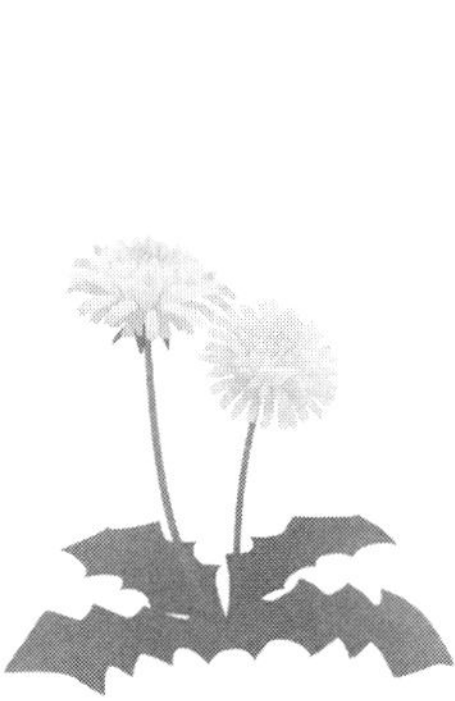

# 児童虐待を考える

児童虐待の問題を語るとき、私がまず一番に思い浮かべるのが、マザー・テレサの「愛の反対は憎しみではありません。愛の反対はネグレクト（無視）です」という言葉である。児童虐待というと、子供の頃に虐待を受けた子は大人になって我が子を虐待するようになるといった世代間伝達がしばしば話題になるが、その割合は約三〇％と言われている。

毎年、幼い子供が親からの虐待で命を奪われてしまったケースが数多く報じられている。私はそうした事件が報道されると真っ先に気になるのが、「この親はどのような育て方をされたのだろうか？」という親自身のことだ。そして、犯罪者となった親の育った環境も事件の背後に隠されているのではないだろうかと考える。

育児放棄に近い状態の母親に、「なぜ子供の面倒を見ようとしないのか？」と尋ねると、「私は親に育ててもらったことはないです。だから、子供をどうやって育てたらいいか、育て方がわからないのです」という答えが返ってきた。この母親の言葉には言い訳が含まれているのかも知れないが、私はそればかりではないと思う。私たちの行動をつかさどるのは、子供のときに親から受けたもの、いわゆる学習により身につけた事柄が、その後の人生に大きな影響を与えると言えるのではないかと考えているからだ。だから子供の頃にその年齢に合った愛情を親から受けられないと、その代償をどこかに求めることが考えられる。

以下は一つの事例である。

「私の父親はアルコール中毒でした。子供の頃の私は、いつも父親の顔色をうかがっていました。父親は酒が入ると母親に暴力をふるいました。父親が暴力をふるい始めると、私は母親をかばったり、怯える妹をなだめたりしました。私自身、誰かに守ってもらいたかったのですが、誰も私を守ってくれませんでした。私は早くに実家を飛び出しました。そして今の夫と結婚しました。結婚生活の当初、私は初めて自分を守ってくれる人を得たのだと思いました。初めて甘えられる人を手に入れたのだと思いました。しかし、それもうまくいかなかったのです。特に子供が生まれた頃から、夫婦喧嘩も多くなりました。夫も私のことをわかってくれなかったのです。親も夫も私を裏切ったのです。でも、この子だけは違うはずです。この子は私が苦しい思いをして産んだ子です。私を裏切るはずがないのです。赤ちゃんの頃は本当に良い子で、私はこの子といるだけで幸せな気分になったものでした。でも、その幸せは長続きしませんでした。この子が歩き始めた頃からです。私が思っていることと正反対のことを、この子はするようになったのです。この子もやっぱり私の思いどおりにならないのだという気持ちが体中に膨れ上がって、頭に血が上って何もわからなくなり、気がつくと掃除機のホースで殴っていたのです」

このような親から〝役割〟を期待された子供は、親の現実離れした欲求や期待に応えるために、大人の感情や反応を敏感に感じ取り、情緒的に親の面倒を見るようになる。子供にとって親からの虐待以上につらいのは、無視されることである。そのため、親から暴力を受けても、甘えたい気持ちよりも親の感情を優先し、親の機嫌をそこなわないよう、気に入ってもらおうと努力するようになる。このことは、親と子供の本来の役割が逆転したことを意味する。このような状態に適応した子供は、自分の欲求は重要ではなく、親の欲求に応えることが重要となってくる。

子供としての「親に甘えたい」という依存欲求を満足させる経験ができない環境に育った子供は、成人後にも未解消の強い依存欲求を抱えることになる。そして上述の事例のように、こうした人は多くの場合、夫婦関係にその依存欲求の満足を求めるようになる。この依存欲求は本来、親との関係で生じるような幼児的な依存欲求であり、夫婦関係などの成熟した大人同士の関係における依存欲求とは性格が異なるものである。そのため相手はそうした依存関係を満足させることが難しく、結果として、上述の母親のように欲求不満を経験してしまうことが多く生じる。そして、配偶者との間で依存欲求を満たすことができない人は、その欲求の満足を自分の子供から得ようとするようになる。親が様々な形で、依存欲求の満足を子供に期待したとき、子供と親が絶対的な依存関係にある時期には問題は生じないが、子供がある程度成長して、自分自身の欲求に従って自立的な行動を示すようになると、親の欲求と子供の欲求との間に葛藤が生まれる。すなわち子供は、親の不適切な要求や欲求を満たすことができなくなるのだ。

子供が親の不適切な欲求に応えることができなかったときは、親はそれを「子供からの拒否」と考える傾向がある。つまり、「この子は私をもともと嫌っているのだ。拒否しているのだ」と認識してしまう。親は自分の言うことをきかない子供を嫌う気持ちを、「子供が自分を嫌っているのだ」と投影していると言える。

こうした認知の歪みの背景には、親自身の子供の頃の親からの拒否体験と、それに伴う自己評価の低さが関係していることが多くある。親自身が子供の頃に虐待環境にあったために、生育家庭において親からの様々な拒否を体験していると、そうした拒否体験が子供から拒否されたことをきっかけになって意識的、もしくは無意識的に蘇ってくる。そして、子供からの「拒否」の体験は、自分が「無価値」な存在であるという親のぜい弱な自己イメージをさらに傷つけてしまうことになる。

「子供から拒否された」という認知は、虐待を受けて育った親にとって非常に深い心の傷となり、大きな苦痛を与えるものである。この苦痛があまりにも強いとき、親の自我は脅威を感じ、苦痛感を「否認」することによって自己を守ろうとする。また一方では、こうした苦痛感の源である子供の頃の「悪い自己イメージ」を自分から切り離し、自分の子供に「投影」するのである。その結果、子供が親の「悪い子供」を引き受けさせられることになる。自己の悪いイメージを子供に引き受けさせた親は、さらに、自分を虐待した親との同一化、つまり攻撃者への「同一化」を行う。このようにして、親の無力化や苦痛感に対する防衛の結果、親の「悪い自己イメージ」を引き受けた子供と、自分の親と「同一化」した親が生まれる。そして、両者の関係で親から子供への攻撃が生じるわけである。こうして子供を攻撃することで、親からの虐待によって生じた心の傷を癒そうとするのだと考えられている。

私たちは幼児期において親、または肉親から充分な愛情を受けて育たないと、不健全な生育を遂げる恐れがあるが、少年期から青年期の移行期に体験する反抗期も、人格形成にとって大事な経験である。例えば、私たちが自転車に乗れるよう練習するとき、親に補助輪を付けてもらったり、自転車の後ろを支えてもらったりして練習する。こうして私たちは「この自転車は転倒しない」という安心感があるからこそ上達できるのである。反抗期も、いくら親に反抗はしても、「親は必ず自分の味方である。自分を守ってくれる」という安心感が底辺にある。その背景は、幼児期に親から無限の愛情を受けた確信があるからである。

こうした過程を通って大人へと成長していくことになるが、男子の場合、反抗当初の矛先は母親となる。そして自信がついてくると、大人になるためのライバルとして父親がその矛先となり、その頃になると母親への攻撃は消えていき、むしろ労りの気持ちで接することがある。このことは、異性を愛する踏み台的な感情の表れと言えるかも知れない。

ドイツ生まれでアメリカに移住した発達心理学者エリクソンは、人間の一生を八つの段階に分け、「人は各段階の問題点を乗り越えて、段階ごとに成長していく」と考えた。例えば乳児期は、母親に対する基本的信頼感を得る時代であり、乳児にとっては何よりも親の愛情が必要なのは言うまでもない。しかしそれが得られない場合、無視されることを避けたい気持ちから、虐待されても親に迎合して愛情を求める心理になるのではないだろうか。

参考：論文「偽りの自己からの回復」村方多鶴子（南九州看護研究誌）
論文「児童虐待加害親の心理」後藤秀爾（愛知淑徳大学論集）
『母子臨床と世代間伝達』渡辺久子（金剛出版）
『社会福祉士養成講座　心理学』三宅和夫　柄澤昭秀（中央法規出版）
『子どもの虐待』西澤哲（誠信書房）

# 人類の歴史と人間の心

人類の歴史は、チンパンジーとの共通祖先と枝分かれしたのが五百万年から七百万年ほど前、ホモ・サピエンスになったのは約二十万年前と言われているが、二十万年前のホモ・サピエンスは、現代人と同じ心を持っていたのだろうか？　二十万年の間に、脳が作り上げる〝心〟も進化したからこそ、ヒトは人間になれたのではないだろうか？

自分のものなのに自分の思いどおりにならない、それが心というものだが、私たちがよく口にする「人間らしい心」「あの人には心がない」「心ある振る舞い」といった言葉からすると、心は私たちの内面に存在し、それが私たちの日頃の行動を大きく左右している、あるいは生み出しているのかも知れないと考えられる。そうすると、心とは、本能や欲求を超えて、意思や感情、習慣、教育の成果も織り混ざった私たちの意思決定の主体的なものだと言えそうだ。

人類は猿人、原人、旧人類を経て、新人類と言われるホモ・サピエンスに至ったが、その過程で、言語の取得により抽象的な考えを他者に伝えられるようになっていった。そして言語能力の発達が、壁画など芸術的な創造活動にも繋がった。

当初アフリカに住んでいたホモ・サピエンスがアフリカを旅立ったのは八万五千年前のことで、エチオピア付近からアラビア半島を通って世界中に広がっていったという。アフリカを出発した彼らの一部は六万年~五万年前までに東南アジアにたどり着き、さらにその一部は、そこから北に向かいシベリアへ、別の一部は南東へ移動し、その後オーストラリアに到達してオーストラリア先住民の祖先となった。一方、北へ移動したホモ・サピエンスはシベリア、北東アジア、日本列島、南西諸島などに拡散していった。そして、日本列島に移動したホモ・サピエンスは縄文人の祖先となり、シベリアに向かったホモ・サピエンスは縄文時代の終わりに朝鮮半島経由で西日本に渡来し、弥生人の祖先となったとの説がある。

話を戻すと、アフリカを出発したホモ・サピエンスは、同じようにチンパンジーから進化したネアンデルタール人と遭遇した。ネアンデルタール人の脳の体積はホモ・サピエンスより大きく、体力があり、寒さにも強かった。そのネアンデルタール人が滅亡し、ホモ・サピエンスが生き延びたのはなぜなのか。

氷河期に際し、ホモ・サピエンスは動物の毛皮で素肌を覆うものを作り、寒さをしのいだ。また、ネアンデルタール人よりも力が弱く、大きな動物を捕獲することが難しかったため、小さな動物に狙いを定め、動きの速い小動物を捕獲するために、遠くまで届く「投擲具」という飛び道具を開発した。この道具を使うことで、繁殖が早く個体数も多い小型動物を狩りの対象にできた。植物の栽培技術も進んでいき、新たな技術はより多くの人口の食糧を満たし、食糧が満たされると、子供の数が増加した。そして、人口の増加から新しい生息場所を探すこととなり、それがアフリカを旅立った一因となったようである。

また、この「投擲具」は獲物を捕まえるだけではなく、集団のルールを守らない者への制裁にも使用された。五十人以上の集団をまとめていくにはルールが必要だったという説がある。集団を維持するために、相手の喜び、悲しみ、怒りを我が身に置き換えて受け止める心と察する能力を身につけるとともに、不公正でルールを守らない者には罰を与えたいという欲望も生まれてきた。このようにして人類は長い時間をかけて、共感する心、平等と助け合いを重んじる心、そして不公正な人には天罰を欲する心を作り上げてきたようである。

一時期、世界で一万人を切った時代もあったホモ・サピエンスが、現在八十億人に迫るまでに発展した背景には、こうした〝心の存在〟があったのではないだろうか。

さて、動物と人類(人間)の違いは何だろうか？　違いというより、「人間の特性は何か？」と考えたほうがいいかも知れない。

私は、人間の特性は、「文字を使って意思や考えを他者に伝えること」が第一と考えている（もちろん、すべての人類に文字文化があるわけではないことは承知している）。文字の使用によって、私たちは身近な人への意思伝達のみならず、遠く離れた人や、過去の人が残した文学や思想に触れることができる。私たちは今、三次元の世界に生きているが、文字の使用は時間を超越した、いわば四次元の世界に生きることを可能にしたと思っている。

さらに、「心の発達」も人間の特性の一つであろう。私たちは肉親に対してだけでなく、他者や社会に対しても分かち合う気持ちを備えているとともに、自分の過去、特に幼い頃の出来事を心の底に無意識のうちにしまい込みながら生きている。一つの出来事をきっかけに、忘れていた昔の出来事が思い出された経験は誰しもあるのではないだろうか。例えば先日、雨が続いたとき、私の家では洗濯物が室内に干してあったが、その匂いを嗅いだ瞬間、小学校の頃の夏休み、市営プールに毎日のように遊びに行っていたことを思い出した。プールは混んでいて、更衣室には独特の匂いが充満しており、その更衣室の匂いと部屋に干した洗濯物の匂いが同じだったのだ。

これはあくまで一つの例だが、忘れている思い出には、楽しかったことも悲しかったこともあるだろう。そうした過去の出来事の一つひとつが、その人の人格を形成していくのではないだろうか。日本流に言えば「三つ子の魂百まで」となるし、交流分析を提唱したエリック・バーンによれば、私たちが幼少期に両親から得たしつけや体験した出来事は、日頃は意識の外にあっても、その後の人生を形づくる基となっているという。私が福祉医療の専門学校で社会福祉士養成講座の非常勤講師をしていたときの話だが、自分の親に対して、子供の頃には「こんな親にはなりたくない」と思っていても、いざ自分が親になってみると、知らずしらずに親と同じことを子供にしていることが多々あると語った学生がいた。

また、上智大学名誉教授だったアルフォンス・デーケン博士（令和二年九月永眠）は、「人間は他の動物と違って、死を意識したときに成長できる存在だ」と述べ、人間は死を意識したとき、感謝の気持ちと、残される人々への気遣いの気持ちを持つようになると話されていた。そして、死には肉体的な死だけではなく、①心理的な死、②社会的な死、③文化的な死があるという。

私たち福祉に携わる者は、生きていても仕方ない……とふさぎ込んでいる人、家族との関係が切れて孤独な生活を送っている人、テレビや電話そして時には電気も止められた中で生活している人、こうした人たちも生きている意義を見つけられるような支援をしたいものである。

柳田邦男氏によれば、人間は死に際して感謝の気持ちを持つと同時に、死ぬ前に何か社会に役立つことをしたい、いわば社会貢献のようなことをしたいと思うようになる人がいるという。あるいは、自分の軌跡を活字に残したいと執筆活動を始める人もいるらしい。

また、吉田兼好の『徒然草』の一節に、「死は、前よりしも来らず。かねて後ろに迫れり」「人皆生を楽しまざるは、死を恐れざる故なり」というくだりがある。私はこれを、「誰にでも死は平等にやってくる。生きている時間は有限であるから、生きている時間を有意義に過ごさなければいけませんよ」ということだと解釈している。

今、私は仕事柄、人生の終盤を迎えた残り時間の少ない高齢者たちと接している。彼らの残された時間を大切にし、一人ひとりが「人間として生まれてきて良かった。ありがとう」という気持ちになって旅立ってもらえるようなかかわり方ができたらいいと願っている。そのためには、この施設で働く一人ひとりが、旭ヶ丘老人ホームの理念「人間として人間らしく生きる気持ちを尊重する」ケアを行うことが大事だと考えている。

そして私自身も、そうした人生を送りたいと願っている。

追記：人間と動物の違いについては先に述べたが、最近読んだ『太陽の子』（灰谷健次郎　KADOKAWA）に、「人間と動物とちがうところは、他人の痛みを、自分の痛みのように感じてしまうところなんや。ひょっとすれば、いい人というのは、自分のほかに、どれだけ、自分以外の人間が住んでいるかということで決まるのやないやろかと、ふうちゃんは海を見ているゴロちゃんやキヨシ少年を見て思った」という一節があった。ここに書かれている、「他人の痛みを自分のように感じてしまう感情」こそ、人類が発展するために不可欠な分かち合いの精神に通じるものであろう。また、自らの行為で他人の痛みを和らげてあげられたとき、言葉に言い表せない喜びを感じる心を大事にしたいと私は考える。

参考：『ヒューマン　――なぜヒトは人間になれたのか』ＮＨＫスペシャル取材班（角川書店）

# 浮田久子先生　講演要旨　――愛こそ命

浮田久子先生は、私の大学時代の友人のお母様で、平和のための市民活動に積極的に参加されている女性だった。以下は平成十九年六月六日、先生に旭ヶ丘老人ホームに足を運んでいただき、職員研修で講演していただいたときの要旨を私がまとめたものである。

＊

今日は「命の不思議」というテーマでお話しすることとします。

毎日、高齢者と接している皆様は、日々〝人間の命〟と体全体、心いっぱいで向き合っています。そして、認知症の進んだ方も、自分では意識していないかも知れませんが、生きているその命のあり方を体全体、心全体で、皆さん方と向き合って生きています。そういう人たちと接する皆様方は、日頃から命について考えることが多いと思います。

さて、自分のことについて少し話してみます。十二、三年前、私は乳癌の手術を受けましたが、幸いにも現在、健康に恵まれています。といっても八十九歳なので、耄碌《もうろく》も始まっていて、そうした現象を日々体験していますが、老人の内面的なありようについて、他人事ではなくわかるようになってきました。それで悲観的になることもありましたが、そんなある日、人生の最晩年を生かされている自分に、いつの間にか青年期、壮年期、そればかりか老年初期にも知らなかった老年の感性、言い換えれば〝老年の知恵〟が身についていることに気がつきました。

旧約聖書『ヨエル書』の第二章二十八節に、「老人は夢を見る」という箇所があります。私はこの言葉が好きですが、この歳になると見えてくるものがあります。旧約の詩人はそれを〝夢〟と表現したのかも知れません。ちなみにそのあとには「若者は幻を見る」と続きます。ここでいう〝夢〟こそは、私の耄碌がもたらしてくれた贈り物かも知れないと思っています。

ところで、私が皆様の前で話してもいいかなと思った理由の一つは、皆さんと違うところがあることを知っているからです。それは私が八十九歳ということです。私はいつ皆さん方の世話になってもおかしくないと思っています。今までの経験の中で、そういう例をたくさん見てきました。自分自身の中にそういう可能性を持っているということは、若い皆さん方にはなかなか理解できないと思います。

人間というのは、若いときは表面的な感覚とか視覚とかがしっかりしていて、ものを認識したり分析したりすることが苦労なくできますが、耄碌の現象が起きてくると、脳の表面的な働きは衰えてきてしまいます。しかし、生きている以上は必ず、命の一番底の根源的なところで感じること、そして表現したいことを持っていると思います。そして青年時代、壮年時代にあったのと同じものが、実は歳をとってもあるのです。ただ、自由に表現できなかったり、それを受け止めて解釈したり分析したりする能力が欠けているだけだと思います。

このことは、自分がこの歳になるとなんとなくわかってきますし、今まで私が介護した人たちもそうであったと確信しています。

だから皆さんもそういう視点で介護にあたって欲しいと願っています。それをお伝えしたいと思ったのも、今日ここに来てお話ししている理由の一つです。

さて、「老人は夢を見る」、私はこの言葉が好きです。この言葉から連想して様々なことが浮かんできます。

例えば昔の人、夏目漱石とか紫式部とか誰でもかまいませんから、それらの人々が生きていた時代を思い浮かべてください。その時代、私たちは存在していませんでした。でも、その人たちを思い浮かべるとき、生きていたように感じることができます。私たちは日頃の生活に、その人たちを無意識に取り込んでいます。これは何なんだろうか？　と考えるとき、私は、「普段、意識しているかいないかは別として、過去を含めて全世界が私たちのものである」というように考えます。忙しい若い時代は考える暇はないけれど、老年の思いの中にこうした感覚が出てきて、これは何なんだろう？　と思うことがあります。

そこから連想して、自分の過去の未生のとき（まだ自分が生まれてない時代）をこんなに無造作に取り組んで怪しまないのなら、これから先に展開しようとしている未生（死後やその後の命のあり方も含め）のときも、やはり〝夢〟として思っていいのではないかと思うのです。

日常の介護の中で、外見的には一見みじめに見える老残の姿も、実はこちらの眼力のなさからそう見えるだけで、耄碌した時期は人間の深奥を極めることができるスリリングなステージであるかも知れない。そう考えると、今までとは違ったアプローチの仕方もありそうに思えます。日頃、介護にあたっている皆さんも、日常の介護の中で、うっすらとではあるけれど、どう接したらいいかそのヒントを既に感じ取っていることがあるような気もします。

ですから、歳をとることは忌わしいことと簡単に決めつけてはいけないと思います。だって、みんないずれ歳をとるのですから。子供を大事にするのと同時に、高齢者を大事にする社会は、ゆったりとした豊かな社会のはずです。そういうビジョンを持って、未来に向かって生きていきたいと思います。

今の時代は、私には理解不能な時代だと思っています。そういう中で自分を表現できない、あるいは主張できない人を間にしてトラブルが起きています。それを一方に置きながら、一方では大人たち、偉い人たち、力のある人たちは、総じて弱い人たちを曲解したり、あるいは理解できない人として切り離していきがちです。

私も、今の若者は何を考えているかわからないと思ってしまうこともあります。でも、人間は誰でも一生懸命に生きていると思います。夜遅く街をふらふらしている若い子たちやその家族も、どうしていいかわからなくなっている引きこもりの人も、実は人間の一番深いところで必死に命をまっとうしようとしているはずです。そうでなければ、あんなふうにいるはずがないと思います。私たちの目から見れば、「なんだあの人、どうしたらいいの？」と思う人を思考の外に吐き出してしまったり、自分は考えない、自分の領域はこれだけだ、と自分の思いの中だけで暮らしていこうとすることは、本当は自分にとっても悲しいことです。

では、どうすればいいかというとき、技術的な問題を考えるのも一つの方法ではありますが、同時に根本的な心の問題として考えていかなければいけないと思います。

私は今年、とっても忙しくて疲れ果ててしまいました。日本にいたらいろいろなかかわりから逃げることができないと思ったので、ニュージーランドに行くことにしました。そう言うと、ニュージーランドに友達がいるから行くのだと思うでしょうが、そんなことはありません。

ニュージーランドは日本より少し狭いくらいの面積ですが、人口はわずか四百万人ほどです。友人と、「どこへ行ったら、安心したゆったりした気分が味わえるだろうか？」という話になったとき、ニュージーランドが良いということになりました。それで行くことにしたのですが、私の知っている人はたった一人、五十七年前に日本にいらした神父様です。その神父様は、ずっと日本で布教活動をするつもりでしたが、体調を崩されて、二〇〇四年に故郷に帰られていました。私が神父様に電話したところ、「どうぞいらっしゃい」と言ってくださったので、一週間ほど、疲れを癒すために遊びに行くことにしました。

神父様はニュージーランドのロトルアという小さな町に一人で住んでいて、私を空港まで迎えに来てくれました。けれど、空港でお会いした神父様には、昔の面影はありませんでした。毅然とはしていましたが、とても弱々しく見えました。私は神父様のその姿を見て胸を打たれました。やはり仕事を離れると気力が落ちてしまうのかな……と気の毒に思えてしまいました。

でも、神父様は私のことを、日本からはるばる自分をお見舞いに来てくれたのだと思われたのでしょう。その私の気持ちに応え、なんとか私を喜ばせようと、湖を案内してくれました。

そして翌朝、今日は何をしようかな？　と考えていると、ミサを終えた神父様が車で迎えに来て私を景色の良いところへ連れていってくれました。ロトルアは地熱地帯で、そこらじゅうに硫黄のにおいが立ち込めています。そして、工場は一つもありません。原住民のマオリ族の本拠地で、四十万人が住んでいます。町中でマオリ族の文化を大事にしていますし、何よりも空気がきれいで、高い木々が植わっており、こんなに素晴らしい空気は吸ったことがないといったような、初めての経験ができました。本来、人間はこうしたきれいな空気を吸って生きてきたんだな、と考えてしまいました。「ニュージーランド」というのは、マオリ語で「白い長い雲」という意味ですが、その名のとおり、空気が澄み切っていて、心を休めるにはとても良いところです。私は景色を充分堪能することができました。

ところで、空港で会ったときには弱々しく見えた神父様は、私を喜ばせたいと一生懸命に接待することで、不思議なことに神父様ご自身が元気になっていきました。そして私も、ここに疲れを取るためにやってきたのに、やはり神父様を喜ばせようと思ったら元気になっていきました。

正味五日間の旅行で、普通ならあっという間に時間が過ぎ去ってしまうはずですが、今回のこの五日間は、私には永遠の時間のように充実していました。ただ美しい景色を見ているだけだったら、こんな充実感は味わえなかったと思います。また今までの旅行の中でも、今回のような「自分がちゃんと生きている」という思いを感じたことはありませんでした。

それは、神父様も私も老年期を迎えているので、ここで会えた時間をお互いに与え合い、受け合って大事にしようと思ったことが充実感に繋がったのだと思います。人間の相互の素直な心の交換は、不可能ではないと感じることができました。

今の日本は、いつの間にか能力主義、そしてお金が価値のほとんどを占め、それ以外は無意味なものと思える社会になってしまっています。そして、その風潮がみんなの心を支配していて、本当の幸せを感じ取れなくなっています。

でも、お金で幸せは買えません。本当に大事なものは、人を愛すること（それは恋愛だけに限るものではありません）であり、誰でもお互いの中に生きている命を、知らないうちに受け応えできるような、そういうものを心の底の底に持っています。けれど、それをお互いに発見できなければ、どうすることもできないのです。

例えば、テレビの電波はいっぱい飛んでいるけれど、それを受信する装置がなければテレビは映りません。相手の優しい気持ちを発することも受け入れることも、こちらに用意がなければいけないということを、私は今回の旅行で感じ取ることができました。

実は私の夫も認知症で、介護していく中で大きな悩みを経験しました。

息子たちにも助けてもらいましたが、これ以上世話するのは大変だと悲鳴をあげたことがありました。でもそのとき、私は息子たちに、「これは神様がくださった問題です。これは自分たちに与えられた課題ですよ」と言いました。

神様が私に与えた課題だからやり抜かなければいけないと思いましたが、その根底には〝愛〟があります。人間の人間に対する愛があり、これは人間お互い同士の責任だと思います。これは、持っていようが持っていまいが構わないことです。でも、こうした思いを持っているということは、相手の幸せのためだけではなく、自分の幸せにもなることなのです。だから、命は照らし合うものであるということをわかって欲しいと思います。何もわからない相手に懸命に自分のほうから尽くしていけば、必ず相手からの照らし返しがあるのです。言い換えれば、人間と人間との照らし合いということになると思います。

だから、自分の豊かさのためにも頑張らなければいけないし、でもやみくもに頑張るのではなく、そういう状況に置かれた自分の問題として、厳しく考えていくことが大事だと思います。

そういう考えを持って生きていくことが、皆さんも大事だと思います。

私は肉親を介護していく中で、そういう愛を持って接することが、自分が生きていくための〝命〟でもあることを実感しました。

私の息子は約三十五年前の夏、日本で何例かしかない難病で亡くなりました。実はその半年前から、もういつ亡くなってもおかしくない状況でしたが、息子は強い精神力で痛みにも耐えていました。そして、自分の病状を自分で管理することを最期まで望んでいました。あとで看護婦さんから聞いて知ったのですが、彼は面会時間の前になると、家族やお見舞い客様に心配をかけないよう、一番強い鎮痛剤を服用して、少しでも元気な姿を見せるよう心がけていたとのことでした。

息子のそうした生き方を考えると、人間の精神の大切さは、命がけのことでもあるわけですし、命がけになって人と向き合うことが、皆さんのこれからの仕事の中でも大事だと思います。

もちろん皆さん方は、仕事をしていく中で、職業的な良心や意欲を大事にしていきたいといった思いもあるでしょう。それはそれで素晴らしいことなのですが、それだけでは豊かにはなれないと思います。多分、私がこの歳になっても人から「元気だね」と言われるのは、人々から死にもの狂いのものを受けてきたからだと思います。

今、能率とかお金とかが何よりも大事だと言われていますが、その実態を言えば、それだけでは社会や個人に幸せをもたらしていないことを感じています。

物事の根底には、どんな時代が来ても変わらないものがあります。それは、人間の愛です。そしてその愛は、感情の問題ではないと、今回ニュージーランドでお会いした神父様が昔、教えてくださいました。

「愛は感情の問題ではなく意思である。愛は感情ではなく意思の領域である」

はるか昔に耳にしたこの言葉はとても印象的で、今でもはっきりと心に残っています。

「私がこの人を愛すると決めたら、その人を感情的に気に入らなくても、私はその人を愛するんだ。その愛が、命なんだ」とわかったとき、私の生き方は変わったと思います。

# 「楽」の窓辺から

# 珈琲店でタイムスリップ

平成二十四年八月

ふとしたことがきっかけで、今年の四月からカウンセリングの勉強を始めることにして、月に二回、日曜日の午後、東京の神田まで通うこととなった。はるか昔、この近くにある予備校に通っていた私にとって、神田には特別の思いがあり、街のあちこちに青春時代の思い出が眠っていた。そんな思い出の一つが、ガード下の珈琲店だ。

モーニングサービスの看板に促され、店内に入った。私と同年代とおぼしきマスターと、白いエプロン姿のウェイトレス。年季の入ったテーブルと椅子。どれもが四十年以上前の世界と繋がっていた。そして酸味の利いたコーヒーを口にすると、授業を抜け出して友人らと遊びほうけている自分の姿が浮かんできた。

カウンセリングの勉強を始めるにあたっては躊躇する気持ちもあったが、この店と接点が持てるなら続けられそうな気がした。やり残した空白の期間をもう一度探索してみたくなった。青春の一コマに出会い、あの頃の自分に声をかけてみたくなった。

# 求め続けることが青春

平成二十四年九月

八月十九日、日曜日の朝、神田駅ガード下の珈琲店には、モーニングコーヒーを注文する私がいた。隔週の日曜日、臨床心理を学ぶ学校に通い始めて五ヵ月、授業前にこの店に立ち寄ることがあった。酸味の利いた味が気に入っている。昔から好きな味だ。

この店のコーヒーを口にするのも、カウンセラー学校に通う間だけのことだ。スプーンに砂糖をとると、昔の情景が浮かんだ。彼女のコーヒーカップに砂糖を入れる私の手は、緊張のあまり小刻みに震えていた。青春時代の思い出の一つだ。

あれから四十五年、今、私は前にも増して青春を追い続けたい気持ちに駆られている。すがりついていたい気持ちと言ったほうが正しいのかも知れない。「過去を振り返り始めたときが青春とのお別れ」という活字を目にしたことがある。合点のいく言葉だが、最近、過去を振り返ることは別として、「何かを求め続ける気持ち」が青春の条件ではないかと考えている。自己流の解釈だが、「朝《あした》に道を聞かば、夕べに死すとも可なり」と述べた孔子にとって、死を可とする日などあろうはずがない。悟りは永久に求め続けるもので、到達点はないとわかっていたのではないだろうか。

# コロッケとバナナとお金の価値

平成二十八年十一月

小学四年生のときだったろうか。ある日の放課後、私は友達と一緒にAさんの家に遊びに行った。Aさんの家は一駅離れたところにあり、私たちは電車を使った。やがて遊び疲れた二人は、「電車に乗って帰るか。それともコロッケを買って食べながら帰るか」と迷った。ポケットに残っていたのは二人合わせて十円玉一つ。当時コロッケの値段は五円、そして子供の電車賃も五円だった。子供の足で四十分程度の距離だったと思うが、迷った二人は、歩きながら帰ることを選んだ。バナナにも思い出がある。戦後、バナナの民間輸入が正式に再開されたのが昭和二十五年とのことだが、当時は一本四十円くらいもして、容易に買うことはできなかったし、病気でもしないと食べられなかった。バナナといえば私は、太った南国の王様がヤシの下でたわわに実ったバナナの房を両手に抱える姿を思い描いていた。当時と現在ではお金の価値も隔たりがあり、単純に比較できるものではない。それでも少しばかりのお金の使い方に、あれこれ迷い自問した自分が愛おしく思えてくる。その心を持ち続けていれば、もう少し違った人生を送ることができたかも知れない。もちろん、私が歩んできた道も、私の人生であることに間違いはないが。

# 七十歳の同窓会

平成二十九年十一月

十月半ば、高校時代の同窓会があった。集まったのは七十歳を迎えた十三名だ。どの顔にも卒業後五十数年の人生を歩んできた皺が刻まれていて、昔の面影を残す者はわずかだった。

お酒が入るうちにいくつかの団欒の輪ができ、運ばれる料理とともに楽しいひと時が流れていった。リタイアした多くの者の表情には、仕事をやり遂げた満足感や清々しさが溢れていたが、一部の者の顔には、相変わらず垢にまみれた生活の色が滲み出ていた。

十三名の中に私と仲が良かったI君がいた。小学三年生の冬に愛媛県から転校してきたI君と私はすぐに打ち解け、同級生のK君と三人でよく遊んだものだった。I君と言葉を交わすうちに、K君の家でご馳走になったロシアケーキと西洋ナシが、その味とともに脳裏に蘇った。当時の私にとっては物珍しい食べ物で、家では一度も食べたことのない高価な品だった。

四時間後、私は自宅に向かう電車の中にいて、窓に映る景色を眺めながら考えた。私はわずかなきっかけから、忘れていたはるか昔の出来事を思い出した。こうした多くの無意識の出来事が、今の私を形づくっているように思えた。そして、忘れることのおかげで心の平穏が保てることも数多くありそうに思えた。

# エンドルフィンと〝快楽寿命〟

平成三十年三月

平均余命が伸びる中で「元気高齢者」という言葉が注目されるようになってきている。『最期まで元気でいたいなら、健康寿命より快楽寿命をのばしなさい』（奥仲哲弥　主婦と生活社）という本の著者は医師として、人生最期の日を迎えるまで「楽しみ」を見つけ前向きに生きた人たちを何人も見てきたという。長年、癌患者と接する中で、「治療方法に疑問を持ち、悲観的な人」より「絶対に治ると信じ、闘病生活中も楽しみを見出す人」のほうが、痛みの訴えも少なく、治癒率も生存率も高いことに気づいた。

健康寿命のことばかりを心配し、人生を楽しめていなければ、本当の意味での〝元気〟とは言えないのでは？　と考えた著者は、エンドルフィンの作用に注目した。エンドルフィンは脳内ホルモンの一つで、大量に放出されるとモルヒネの六〜七倍もの鎮痛効果があるとともに〝快楽〟という感情を引き起こし、多幸感を増幅させる効果も含まれているという。

このエンドルフィンは、大好きなことをしているとき、褒められたとき、他人から注目を浴びたとき、心がときめいているとき、そして楽しく笑っているときにたくさん放出されるとのこと。人生最期の日まで楽しく暮らすには、ポジティブな気持ちとともに、笑いの中に身を委ねることが大切なようだ。まさに「笑う門には福きたる」の精神が〝快楽寿命〟に繋がると思えた。

# 那須への小旅行

平成二十六年十二月

旅行会社のパンフレットに惹かれ、十一月初旬、一泊二日で那須を訪れた。紅葉が観たかった。自然と向き合ってみたかった。

しかし初日、目指した茶臼岳の頂は雨模様で、雲を引き裂くほどの強風が吹き、あるはずの紅葉はどこにもなかった。前月に襲った台風19号のせいで、葉っぱがすべて落ちてしまったとのことだった。翌日向かった塩原は快晴だった。川を横切る吊り橋から眺める紅葉は青空に映え、揺れる橋の上で何回もシャッターを切った。そのたびに川底に吸い込まれそうで怖かった。街道沿いには野菜の直売所があり、三年半ほど前の福島の原発事故からの放射能汚染のことが少し気になったが、私は肉厚のシイタケとヒラタケを買い求めた。驚くほど安かった。その他にも多くの野菜が並んでいて、そのすべてにこの地の自然が凝縮しているように思えた。

旅を終えて帰宅した私は早速、買い求めた品を食卓に並べ、冷たいビールの肴にした。那須の自然が口いっぱいに広がっていった。もっと自然を大事にしていかなければと思った。改めて自然の偉大さと強さ、そしてありがたさを感じた小旅行だった。

# 海と思い出

平成二十七年八月

九十九里浜に行くと美味しい蛤《はまぐり》が食べられると聞いた私は、七月初旬、その地を訪れた。閑散とした風景にもかかわらず、店内はことのほか賑わっていた。電車とバスを乗り継いで約三時間かかったが、やっと口にした蛤や帆立貝、サザエなどは新鮮で、評判どおりの美味しさだった。今まで味わったことのない海の幸が次から次へと胃袋に吸い込まれていった。

やがて満腹になった私は、店の裏に面した浜辺に立った。広大な海があった。海辺で育った私が、少年の頃に目にしていた光景に似ていた。青空の下、しぶきをあげて押し寄せる波に終わりはなく、私は時間を忘れてその繰り返しを眺めていた。過去から今、そして未来へと無限の時が流れているように思えた。

打ち寄せる波の一つひとつが、思い出の一つひとつを運んでくる。楽しい思い出があった。ほろ苦い出来事も浮かんできた。飛び散る波しぶきが、そのすべてを拭い去っていくように見えた。物心ついてから六十年あまり、私が築いてきたものはあるのだろうか……。そんな思いでいる私の頬を、磯の香りを含んだ風が吹き抜けていった。

# ぶどうから進化を考える

平成二十七年十月

何年か前の秋、ぶどうのピオーネを食べたくなった私たちは、電車を乗り継いで勝沼ぶどう郷に向かった。たまたま入ったぶどう園の経営者はことのほか親切で、季節が多少ずれていたにもかかわらず、目的の美味しいピオーネを選んでくれた。それが縁で私たちは毎年、そのぶどう園を訪れることとなった。

今年はシャインマスカットや瀬戸ジャイアンツを薦められ、個性豊かなぶどうの感触に舌鼓し、甘い香りは心に溶け込んでいった。園内にはその他にも多種多様のぶどうが植えられていて、その多さにはただ驚くばかりだった。

毎年、新種を開発する技術の進歩には感心するばかりである。しかし本当に素晴らしいのは、人間の要求に応えて進化するぶどうのほうではないかと、頭上に垂れ下がるぶどうの房を眺めているうちに考えた。約三十五億年前、単細胞からスタートした生物は、進化の過程で環境の変化への適合が求められた。私たち人類も同様であった。自らを変えて環境に適合する大事さ、このことは私たちの日頃の人間関係にも言えるのではないだろうか。

しかし、私にとって自分を変えるのは、少々至難の業のようである。

# 紅葉と滝と谷川岳

平成二十七年十一月

紅葉に触れたくなった私は、上越新幹線の上毛高原駅で下車した。一泊二日の旅だった。乗降客は少なく、構内は静けさに包まれていて、駅前には町営と思しき土産物店が一軒あるだけだった。レンタカーを借りた私は、「東洋のナイアガラ」とも呼ばれている「吹割の滝」を目指した。街道沿いの果樹園には真っ赤な林檎がたわわに実っていた。吹割の滝は雄大な自然美を醸し出していた。激しい流れは私を水底に招いているようだ。色づき始めた紅葉は、岸壁の岩肌を覆っていた。

翌日は快晴で、向かった谷川岳も真っ青な空の下にあった。山腹の天神平は、学生の頃スキーをしに何回か来た地だ。その地形に当時の面影を求めたが、記憶は消えていて、すべてが目新しい光景だった。ナナカマドの赤い実が妙に愛らしかった。

谷川岳の裾は見事な紅葉に染まっていた。空気は透明で、私はその空気を胸いっぱい吸い込んだ。木々の間から見える谷川岳はどこまでも穏やかだ。しかし谷川岳はその一方で、世界に類を見ないほど遭難者が多い山だという。そんな恐ろしさをおくびにも出さない山を眺めていると、魔性を兼ね備えているようにも思えた。

# 沖縄旅行と少しの反省

平成二十九年五月

四月の中旬、私は青い海と青い空を求めて沖縄旅行をした。昼過ぎに空港に着くと、あいにくの曇天だったが、温度計は二六度を示していた。前もって教わっていたお店で「沖縄そば」を食べると、体中に沖縄の香りが溶け込んでいくようだった。

レンタカーで観光地を訪れたあと、水平線のかなたまで続く穏やかな海を眺めながらドライブをしてホテルに向かった。ホテルに着いて驚いたのは、中国人の多さだった。接客する従業員にも中国人の姿が数多くあり、翌日訪れたところでも四方八方から中国語が耳に入ってきた。

沖縄の人たちは皆親切で優しく、スピードをあげて走る車も少なくて、すべてがゆったりとしていた。居酒屋では沖縄民謡がのどかに歌われていたが、そこはかとないやるせなさも込められているように思えた。沖縄の気候と文化に触れた楽しい三日間だったが、振り返ってみると、基地問題に直面する沖縄の姿に触れることはなかった。旅行は楽しくあるべきなのは当然だが、同じ日本人として、現地の人たちが抱える問題に接することができたなら、もっと有意義な旅行となったことだろう。

# 奥多摩を歩く

平成二十九年六月／平成三十年一月

## 一

満七十歳を迎えた私は、奥多摩を訪れた。これまでにも何回か訪れたことがあるが、今回は奥多摩駅から奥多摩湖までの「奥多摩むかし道」という九・四キロの旧道を歩くことに挑んだ。

国道を走るバスを使えば二十分の距離だが、曲がりくねった山道を三時間かけて歩いた。この歳になっても元気でいられる自分を産んでくれた両親に、心の片隅で感謝した。

この旧道は、江戸時代には甲斐の国（甲府市）との交易路で、地域の人々にとってはライフラインであった。道中には深い森に抱かれた小路や、昔の面影を残す集落があり、ところどころに点在するお地蔵様や道祖神を見ていると、当時の人々が手を合わせる姿が脳裏に浮かんできた。

コースの終わりに小さな集落があり、私は一人の婦人に声をかけた。その婦人は八十歳を超えた今でも畑仕事をし、時には何時間もかけてこの道を通って町まで買い物に行くという。そんな話をする彼女の笑顔は、澄んだ空気と同様にどこまでも爽やかだった。

日頃、交通の便に恵まれた土地で暮らす私には、この集落での生活はとても不便なものに感じた。しかし不便の中にあってこそ、人々の結びつきは強くなるだろうし、結びつき以外にも、便利さを手にしたために失ってしまったものが多々あるように思えた。

二

秋も深まった十一月下旬、久しぶりに奥多摩を歩いた。あいにくの天気だったが、午後には回復するという天気予報を信じて家をあとにした。

早朝の奥多摩駅は霧の中にあった。国道を少しばかり歩いたあと、川沿いの遊歩道へと足を進めると、湿り気を帯びた空気が胸に吸い込まれていった。川沿いには紅葉した木々の葉が広がり、エメラルド色の川面からは今にも妖精が飛び出してきそうに思えた。自然の織りなす造形美は、人間の叡智をはるかに超えていた。

気がつくと、雲の切れ間から光がこぼれてきた。未舗装の道の幅は狭く、ごつごつした岩に何度か足をとられそうになった。時折、川でカヌーに興じる人の姿を見ることもあった。

三時間近く歩いて、ようやく吊り橋にたどり着いた。断崖は真紅や黄色の葉で覆われていて、四〇メートル下には岩肌をぬって流れる水しぶきがあった。私の疲れは、その流れの中に吸い込まれていった。

過去、何度か奥多摩を訪れているが、七十歳を過ぎてもこうした散策ができることが嬉しかった。何にも代えがたい幸せを感じ、健康な体に産んでくれた両親に感謝した。標高のせいではないだろうが、普段より両親を身近に感じたように思えた一日だった。

# 箱根旧街道を歩く

平成三十年十一月

十月中旬、秋の気配を感じた私は、箱根の旧街道を歩いてみたくなった。湯本から須雲川沿いに二子山を右手に見ながら元箱根に抜けるこの街道は、徳川三代将軍家光の頃に造られ、当初は悪路だったが、参勤交代の制度化に伴い石畳へと改修されたという。今回は途中までバスを利用した。下車すると、江戸時代初期から続く老舗の「甘酒茶屋」があり、薄暗い店内からは当時の人々の息遣いが聞こえてくるように思えた。

一服したあと、「箱根街道　元箱根まで四十分」と記された道標に従って、杉並木に挟まれた小石の混ざった石畳を歩いた。時折、スニーカーの足元に尖った小石が当たり、軽い痛みを感じたが、その感触は草鞋《わらじ》で歩く旅人たちの情景を思い起こさせた。

やがて「権現坂」まで来ると、芦ノ湖が視界に入ってきた。かつて箱根路を登る旅人が、急所難所をあえぎたどり着いて一息ついた場所だという。

今まで参勤交代というと「下にー、下にー」と悠長に歩く行列姿ばかりを思い描いていたが、認識は一変した。箱根越えは並々ならぬ苦労があったことだろう。わずか一時間あまりのハイキングだったが、想像だけを頼りに物事を判断する危うさを知ることとなった。

# 春を求めて

平成三十一年三月

二月のある日、電車とバスを使って、神奈川県小田原市にある「曽我別所梅林」を訪れた。三万五千本あるという白梅はまだ二分咲き程度だったが、紅梅や早咲きの十郎は、ほぼ満開の姿で迎えてくれた。香りを求めて蕾の白梅にそっと顔を近づけ、うっすらとしたその香りに酔った私の脳裏には、菅原道真の和歌「東風吹かばにほひをこせよ梅の花　あるじなしとて春な忘れそ」が浮かんだ。学問の神様と慕われている菅原道真は、無実の罪によって九州の大宰府に左遷させられてしまった。可憐な梅の蕾を眺めていると、都を離れる際にこの和歌を詠んだ道真のやるせない心情が伝わってくるように思えた。

梅林をあとにした私は、次に「松田山ハーブガーデン」の河津桜を観に行った。駅からバスで十分ほどの高台にあり、観光客で溢れた会場は、満開に近い桜と足元の黄色の菜の花の群生が見事なコントラストを描いていた。

この日、私はわずか三時間ほどの間に、駆け足で春の季節を渡り歩いた。二日後には「スーパームーン」*が見られるという。梅も桜も菜の花も、満月によく似合うことだろう。

＊スーパームーン：その年の中で、満月が最も大きく見える現象

# 速さと引き換えになったもの

令和二年十二月

先日、山梨県にある「リニア見学センター」を訪れた。その日は走行試験の見学はできなかったが、映像には時速五〇〇キロで走るリニアの勇姿が映し出されていた。車窓の景色は一瞬の間に後方に追いやられていくが、行程の多くはトンネルの中の走行だ。

私が小学五年生のとき、同じクラスのO君は、最高時速一六〇キロを出す「特急こだま」に乗車した体験を自慢げに話した。私はただうらやましく聞いていた。JRはこれを境に時間への挑戦を試み、新幹線の開発へと繋げていった。

夏目漱石の『三四郎』には、空になった駅弁を窓から放り投げる一節がある。行儀の悪い行為だが、執筆した時代、沿線には人家はなく畑ばかりだったのではないだろうか。また、志賀直哉の『暗夜行路』の一節には、東海道線に乗車した主人公が、品川辺りで窓から海を見るという記述があるが、今からは想像できない大正末期の風情を読み取ることができる。

限られた日数の旅なら、目的地に早く行って少しでも多くの名所を巡りたいと考えるのは極めて自然である。しかし、車窓を流れる景色を眺めたり、途中の名所の歴史に思いを馳せたりするのも楽しそうだ。また、着いたら何をしようか、何を食べようかなどと想像するのも楽しいことだろう。

速さを求めるあまりに得られないもの、失うもの、それは旅行だけに限った話ではないかも知れない。

# 漱石の世界

平成二十六年八月

私はここ二ヵ月ほど、夏目漱石の世界にどっぷりと浸っていた。朝日新聞が百年ぶりに『こころ』を連載したのがきっかけだった。

家の書棚から漱石の本を数冊拾い出した。旧仮名づかいや旧字体の活字は、明治末期から大正初期にかけての世情を思い浮かべるのに充分だった。ページを捲《めく》るごとに当時の香りが漂ってきて、文面の背後には漱石の姿が見えた。

家にある漱石の本を読み尽くした私は、未完に終わった『明暗』を本屋に求めた。新仮名づかいの作品には違和感を覚えたが、読み進めるうちに心理描写の妙に引き込まれていった。登場人物の一人ひとりの中に、自己愛と人間のずるさ、弱さが込められていた。

胃潰瘍を患い長年大病を繰り返してきた漱石は、死と直面するたびに成長を遂げ、その集大成がこの『明暗』を生んだと言えるのではないだろうか。もちろん漱石が類稀《たぐい》なる才能の持ち主であるのは言うまでもないが。

未完に終わった『明暗』の結末が気になった私は、あれこれ探索してみた。すると、一人の作家が続きと思しき作品を出版していた。躊躇なくその本を購入した私は、漱石以外の作家に続きを求めることの無意味さを、ほどなく悟った。

# 漱石の『行人』

平成二十七年二月／令和元年十月

## 一

夏目漱石の『行人』の中に、モハメッドの逸話が出てくる。

「向こうに見える大きな山を、自分の足元に呼び寄せてみせる。それを見たい者は〇月〇日にここに集まれ」というモハメッドの言葉を聞いた群衆は、その日に彼の周囲を取り巻いた。モハメッドは約束どおり、大きな声で山に向かってここへ来るよう命じた。ところが山は動かない。モハメッドは澄ました顔でまた同じ号令をかけたが、それでも山は依然として動かなかった。三度同じ号令を繰り返しても全く動く気配がない山を眺め、モハメッドは、「約束どおり、私は山を呼び寄せた。しかし山のほうでは来たくないようだ。山が来てくれない以上は、私が行くより仕方があるまい」と言って、すたすたと山のほうへ歩いていった――。

夏目漱石はこの逸話に続く文章で、「結構な話だ。宗教の本義は其処にある」と作中の登場人物に語らせている。

私自身、この話を自分の行動に照らし合わせてみることが多々ある。各々の宗教を信じるか信じないかは別として、平和な社会は、多種多様な価値観に寛容な社会であるように思っている。

## 二

夏目漱石の『行人』の文中に出てくる、モハメッドの逸話に関する箇所は(前項参照)、いかにも漱石らしい含蓄に富んだ部分である。

十数年前、臨床心理の勉強を始めた私は、交流分析の創設者エリック・バーンに出会った。交流分析は人間の行動に関する心理療法の一つだが、そこで私が学んだ、「人生において自分の過去を変えられないのと同じように、他者を変えることは難しい。他者と良好な関係を築くためには、まず自分から歩み寄ることが大切だ」という命題は、まさしくモハメッドの行動を指している。

常日頃から、この命題を大事に生活したいと思っているが、自らの行動に取り入れるのは難しく、私の人間形成にとって永遠のテーマとなりそうである。

# 出会いの妙

平成二十七年七月

朝日新聞では平成二十六年四月から夏目漱石の小説を百年ぶりに連載している。私が学生時代に読んだ作品だが、約四十年ぶりに接する漱石は、大きな岩のように私の前に立ちはだかった。奥が深く難解な内容は、私の知力を試しているようだった。

ある日、その紙面の下段に、もう一つ小説を見つけた。作者は沢木耕太郎で、初めて目にする名前だった。何日か読んでいると、話の展開が面白く、活字が心に溶け込んでいった。作品に言い知れぬ郷愁を感じた私は、インターネットで彼の履歴を検索した。予感は当たっていた。彼は私と同じ昭和二十二年生まれだった。

私は数多い彼の作品の中から一冊を買い求めた。そこには漱石とは違った世界、私と同じ世代を生きてきた人間の香りがあった。自分の青春時代に結びつけて読み進んだ。ふとしたきっかけで、素晴らしい作家を知ることとなった。

雲水が旅に出るのは、新たな出会いを求めるためだと聞いたことがある。私も何かを求める鋭敏な心を持ち続けたいと思った。そしてまた、誰からとは問わず求めに応えられる人でありたいとも思った。

特別寄稿

# 『老人ホームの窓辺から2』発刊に寄せて
## 偶感二題

社会福祉法人　寿幸会　評議員　小林孝幸

### 一、散歩で出会った少年

私は去年、九十歳の大台に乗りました。思わぬ長命に神仏のご加護の賜と感謝していま す。しかし、九十代は私にとっては全く未知の世界で、これまでに感じたことのない不気味な不安を感じさせられています。

それは、同世代の人が私の身寄りにもご近所にも見当たらず、これまで電話や手紙などで交信してきた友人・知人も数を減らしてしまって、何か世間から隔絶された世界に足を踏み入れてしまったような気がするからかもしれません。思わず、「人生番外地の住人」などと自嘲めいた言葉が口から洩れ出します。

そんな日常生活の中で、毎日の散歩を日課としています。家の近くを流れる小さな川沿いの小道を、二本の杖をついて三十分ほど歩きます。先日も、いつものように歩いていると、後ろから近づいてきた自転車に乗った少年が追い抜きざまに振り返って、「がんばって！」と声をかけてくれました。私はとっさに「ありがとう」と返事をしましたが、そのとき何か私の心の中に一点の火が点《とも》され、ほっかりしたぬくもりのようなものが湧いてきたように思われました。少年はそんな私の心の内を知る由もなく、尻を上げて遠ざかっていきました。

後日、井上節施設長さんの書かれた、「福祉を目指す者に求められるものは、資格の前に枯れた花を憐れむ心の持ち主であるかどうかということではないだろうか」という一文を目にする機会がありましたが、この少年との出会いの体験が思い出されて、共感することしきりでした。もしこの少年が施設長さんの採用面接を受けるようなことでもあれば、間違いなくお眼鏡にかなうことだろうと思ったり、「枯れた花」とは私のことかなどと苦笑したりもしました。

少年の私にかけてくれた「がんばって！」の一声は、福祉の大海に注がれた一滴の水の滴《したた》りであり、福祉の原点がここにあると思いました。「人生番外地の住人」にも、また新たな出会いがあるかもしれないと希望を持たせてくれた一時でもありました。

## 二、ポックリさん

私は昭和五年生まれで、幼少期が昭和初期と重なります。当時は世界的大恐慌の余波を受けて長い不況が続いていました。私が生まれ育った津久井地域ではほとんどが農家で、山間《やまあい》のわずかな土地を耕して暮らす貧農でした。養蚕は副業として盛んでしたが、家族総出の重労働を強いられるものでした。他には「拾い仕事」と言われる山仕事や土木仕事で、わずかな現金収入を得ていました。生活は貧しく、主食は雑穀米で、夕食は自家製の煮込みうどんと決まっていました。白米の飯はお正月やお祭りなどのものの日に限られていました。

そんな貧しい暮らしを、毎年夏になると疫痢や赤痢などの伝染病が襲いました。年によっては家族全員、一村全域を巻き込んでしまうような猛威を振るうものさえありました。住民の慢性的な栄養不足、劣悪な衛生環境、不備な医療体制などによるものですが、その背景に貧困があったことは言うまでもありません。

これと並んで人々を恐れさせたものに、不治の病などで寝たきりになってしまう家族が出るということがありました。一村に数人ほどの数で、それほど多くはありませんでしたが、本人はもとより家族の苦労は並大抵ではなく、「疫病神《やくびょうがみ》に取りつかれた」といって大変恐れられました。忙しい仕事に加えて病人の衣食の世話から下の世話まで、家族の苦労は容易ではなく、中でもその多くを任された嫁の負担は並大抵ではなかったろうと思われます。

そういう中で本人は、宛てがわれた部屋に寝起きし、家族に気兼ねしながら、生きる希望もなくただただお迎え（死）を待つ日々を送らなければなりません。その悲しさ、無念さは如何ばかりかと言葉を失います。

私はあるとき通りかかった家の庭先で、それらしい人を見かけました。女の人で庭の隅の日溜まりにしゃがみ込んでいましたが、私に気がつくと足を引きずりながら家の中に逃げ込んでしまいました。私は子供心に何か悪いことをしてしまったような気がして心がとがめられたことを今でもよく覚えています。

またその頃、大人の人たちの話の中に「ポックリさん」という言葉が出てきたことも覚えています。どうやら「長患いをしないでポックリ逝きたい」という願いをかなえてくれる神様、仏様の情報を交換し合っているということも子供なりにわかってきました。人間が人間らしく生きていくことの許されない時代であったと、今改めて考えさせられます。

爾来、八十余年を経た今日、時代は大きく変わりましたが、なかんずく社会福祉の分野の進歩には目を見張らされるものがあります。高齢者のための施設も各地に数多く見られます。私が幼少期に出会ったあの非人間的で悲惨な光景は風化して、その影をとどめません。こんな今日の社会福祉の隆盛は、昭和二十年の太平洋戦争の敗戦を契機に日本人の価値観は大きく変わりましたが、その主要なものの一つに掲げられた「人権尊重」の精神に負うところが大きいと思います。

旭ヶ丘特別養護老人ホームは、昭和五十七年に初代理事長中村幸蔵氏によって開設されました。当時はまだこうした面への理解は未熟で、様々な困難が立ちはだかりましたが、同氏の献身的な努力と情熱によって克服され、完成をみました。同時に「人間として人間らしく生きる気持ちを尊重する」ことを理念として掲げました。同氏の亡きあとは二代目現理事長（施設長兼務）の井上節氏に継承されましたが、この理念はいささかも揺るぐことなく今日に至っています。

井上理事長は評議員会の席上で、「本施設では退職する職員が少なく、派遣職員の採用は原則行いません。また、入所者の食事は外部委託せず、施設の調理員の手によって提供されています」と、顔を紅潮させ胸を張って、不遜とも思えるような態度で豪語されることがありますが、職員と基本理念を共有し、日々誠実に勤め、着実に成果をあげている自信と誇りがうかがわれて、好意を持って同席者の共感と理解を得られています。

また、同施設は開設と同時に地域において先駆的な役割を担わられていますが、その責も見事に果たされてきました。

最後に、これらのすぐれた業績をあげられてきた現理事長さんをはじめ職員の皆さんに心から惜しみなく賛辞を贈り、施設のますますのご発展に期待して拙文を終わります。

# 終章　旭ヶ丘特別養護老人ホームの歩み、そして今

## 一、創設者と理事長就任

私が旭ヶ丘特別養護老人ホームの理事長に就任したのは、平成六年三月、四十七歳の時だった。

そして現在に至るまで三十年近く老人福祉に携わってきた中で、多くのことを学び、そして幾ばくかは自分自身の成長にも繋がったのではないかと思っている。それは、この施設に入所する高齢者やその家族の思いに触れることで得たものや、ここで働く職員たちとのかかわりで得たものもある。また、この法人の理事・評議員や監事の皆様から教えていただいたことも沢山ある。

さらに、研修や講習を通じて講師の先生方から得た知識やものの考え方も多々あった。講師の方々は福祉の専門家ばかりでなく、スポーツや他の分野で活躍された方もいらしたが、皆それぞれの分野で成功を収めていて、話す内容に深みがあり、勉強になることばか

りだった。

さらに町田にある福祉医療専門学校で、社会福祉士養成講座の非常勤講師をしたことも、私にとっては得るものがあった。私がそこで非常勤講師を務めたのは、この専門学校で社会福祉士の受験資格取得を目指して学んだことがきっかけだった。無事資格を取得した私は、元来学生の頃から中学生相手の家庭教師をするなど、人に教えるのが好きだったこともあって、学校の求めに応じ「相談援助」を担当することとなった。

午前、午後を通して一日約七時間の授業を受け持った。その内容は、「自分の心を理解する。他人の心を理解する」に始まって、その後は児童虐待とか高齢者虐待、その他生活のしづらさを抱える人々の問題をテーマとしたものだった。それらに加え、福祉制度の問題、さらには地域福祉社会の構築など、講義内容は多岐にわたったが、多くの時間は事例検討を中心として進められた。

学生の多くは仕事の合間をぬって、貴重な時間を資格取得の要件を得るために授業に参加していた。私は社会福祉士資格取得後、精神保健福祉士や介護支援専門員の資格も併せて取得していたが、実践の経験のない私にとってはどのように教えたらいいかとまどうことが多かった。それでも最初は深い考えもなく授業を行っていたが、二、三年経つと自分自身の能力のなさを痛感した。忙しい時間を縫って教室まで足を運んでくれる学生たちに申し訳ない気持ちになっていった。

回数を重ねるうちに、相談援助には心理学の知識が必要と考えた私は、日本カウンセラー学院に入学し、臨床心理の勉強をすることとした。隔週の日曜日、東京の神田まで通った。毎回早めに神田駅に着き、くつろぎを求めガード下の喫茶店で口にするコーヒーの香りは、はるか四十年前の世界に私をいざなってくれた。

学院で学んだカール・ロジャーズの心理療法や、エリック・バーンの提唱した交流分析は、その後の授業に大変有意義だったし、今までと違った角度から自分自身を見つめる術を教えてくれ、少なからず自分自身の成長にも繋がったと思う。そして、老人ホームでの利用者やその家族との接し方や職員とのかかわり方においても、幅広い考えを持てるようになっていった。

そもそも旭ヶ丘老人ホームは伯父が設立した施設である。伯父は私の母と二人兄妹であった。その伯父が老人ホーム設立十周年にあたって、「特別養護老人ホーム発想の経緯」を書いた文章があるので、ここに掲載することとする。

「若い頃、様々な想いに胸を膨らませた事もありましたが、何分、田舎商人の一人息子と言う事で止むなく家業を継いで何時か半世紀が経ってしまいました。この間家業に精を出す傍ら、世間を派手に立ち廻ることは不得意ながら、分に応じたご奉公は致したいと考えまして既に保護司を三十年近く、民事調停委員・家事調停員を長らく勤めて参りました。偶々この一月十七日満六十八歳の誕生日を迎えまして、生来病弱の身が良くぞここまで生き永らえて来たものと思うに付けても、未だ幾何かの余命があるとすれば、この辺りが最後のご奉公と考えまして、予てこの十年程密かに温めて来た願望を是非実現したい、即ち同じ人生を明け暮れて老境に入りながら温かい家庭の介護の手が及ばない方々を特別養護老人ホームを作ってここにお迎えして共に人生の終焉を労わり合って送りたいとの想念が忽然と沸いて参りました。固よりこの道は安易なものでは無く、前途には様々の困難が待ち受けて居る事も充分覚悟の上でありまして、之を克服して精進を続ける処に、阿弥陀の本願に身を委せた私に取りまして必ず法悦の境地が開けるものと確信して居ります。」

（昭和五十五年一月）

以上は旭ヶ丘老人ホーム創設者中村幸蔵の手記であるが、文中にある「若い頃、様々な想いに胸を膨らませた事もありましたが――」辺りのくだりは、私の母（中村幸蔵の妹）が兄の思い出について綴った文章が残されているのでここに記載することとする。

「指折って数えれば七十七年前の事でした。私は小学校五年生、兄は中学一年生で八王子の米屋の二階に下宿しておりました。たまたま父に連れられて兄を訪ねたというより私は遊びに行ったつもりでした。処が勉強が好きな兄は机に寄り私には難しい本を読んでいて

『やがてドイツへ行って哲学の勉強をしたい』と抱負を語りました。今でこそ孫娘はドイツで学んでおりますが当時としてはまして幼い私には〈ドイツ〉とは万里の果て！　仰天の思いで『ドイツにいっちゃ否』と泣いて叫んだのを鮮明に覚えております。私たちは二人兄妹、それに兄は少年の頃病弱でしたので母が手離す筈がないばかりか父も晩年を迎えていましたので両親を看る責任感からか運命に従い学問の道は諦めたようでした。兄が財を投じ手狭ながら此処に老人ホームを建設したのは昭和五十七年。当時としては先見者と思います。そして沢山の方々に喜んでいただき兄も唯本望だったと思います。又菩提寺観音寺の鐘楼に釣鐘を寄進致し、そこには中村幸蔵の名が刻まれており後の世まで伝説として残る事と存じます。残念ながら学問の道へは進めませんでしたが充分に孝養を尽くした上且つ世の片隅に於いて郷土に生きた証を残し得た事は妹ながら立派だったと懐かしみつつ心に深く尊敬いたしております。」（平成十三年三月吉日）

そして次の文章は、開設とほぼ同時に勤務した看護師Eさんが十年の思い出を綴った文章だ（なお、当時は措置時代で入所判定は市町村が行っていた）。

「早いもので、老人ホームに勤めて十年余りが過ぎてしまいました。それまでは精神障碍者と老人の看護に若干の経験があり、それなりに理解して就職したつもりでしたが病院と施設の在りかたの違い、併せて多職種の人達とのバランスの難しさに悩まされる毎日で、暗中模索の中で働きながら、自分には荷が重すぎると最初の一年は退職することばかり考えていました。病院では医師と一体となって働き、不安を感じることもなく、そこには患者の全快、退院という喜びもありました。しかし施設は老いの身の生涯をゆだねるところでした。無力の老人が住み慣れた環境をそして親しい隣人とも別れ、使い慣れた家具と離れて次々と入所してきました。家族が面接で家庭での経過と現況を説明して帰っていきます。後には身一つをベッドに横たえた老人、そうした状況を見た時の切なさが昨日のことのように思い出されます。しかし十年の歳月を重ねた今私の老人ホーム観は変わりました。昭和三十八年に老人福祉法が制定されましたが、地方の都市化、核家族化は益々進み若者の中央への流動そして地方に残された老人家庭、幸いにも都市に住む子供と生活できることになったとしても環境の激変等による身体への影響とか、老人認知症が進行することも必然だと思われます。日頃老人・職員共に安心して生活し働くことができるようもう少し医療面を重視した施設であって欲しいと念じておりますが、十年の節目に当たり新たな気持ちで老人福祉のために自分なりに微力を捧げたいと思っています。」

Ｅ看護師は現在も当施設で勤務しているが、生活支援施設として位置づけられた特養にあって老人の命をどのようにして守っていくか、指示を仰ぐべき医師が身近にいない中で働く看護師の戸惑いが文章から感じられる。そして日頃の業務にあっては、看護と介護のバランスのとれた役割をどのように築いていくかは、今も重要なテーマの一つとなっている。

さて、創設者中村幸蔵亡くなったあと理事長に就任した私は、それまでも理事として施設の運営にかかわっていたが、福祉に関して専門的知識があるわけではなかった。理事長となった私は、職員たちに優しさを前面に出した介護を求めた。

そんな中、私が社会福祉士の資格を目指すきっかけとなったのは、一人の職員から、「施設長は私たちの介護についていろいろ言うけど、所詮、素人ではないか。素人の施設長に何がわかるか」と言われたことがきっかけだった。確かに言われてみると、介護の基本知識のみならず、認知症についても私は充分な理解ができていなかった。なるほど、彼女の言うとおりかも知れない、と思った私は、社会福祉士資格を取得しようと、アルファ福祉医療専門学校の門を叩いた。

そして資格を取得し、それまでの施設の介護に物足りなさを感じた私は、平成十六年十月、施設長を兼務することとなった。私に資格取得の道を促した職員の言葉に感謝する次第である。

## 二、施設長になって

施設長になってまもなく、利用者に寄り添ったケアを望んだ私は、施設の理念を「人間として人間らしく生きる気持ちを尊重する」とした。この理念には「人類は進化・発展の過程で気象変動や他者との争いの中で絶滅の危機に遭遇したこともあった。そうした厳しい環境を乗り越えて今日の繁栄に繋がったのは、人類に分かち合う心、ルールを守る心、そして協力し合う心があったからであり、祖先から引き継いだその心は、現代の私たちの誰もがたとえ忘れていても、心の底に引き継がれていると思いたい。介護するにあたっては、人生の終盤を迎えた利用者に優しい気持ちで接し、残された彼らの時間を大事にしたケアを行って欲しいし、ここで働く職員たちは、利用者に対してだけでなく、お互いを尊重し合う関係を築いて欲しい」との願いが含まれている。

この施設では看取りケアも積極的に行っているが、職員間で施設の理念が共有できていることもあってか、看取られたご利用者の家族からお礼の言葉を数多くいただいている。

十年程前の話だが、一人の利用者から次のような手紙をいただいたことがある。

『旭ヶ丘老人ホームの皆様へ　お礼と感謝の気持ちを込めて

数年という長期にわたり毎日毎日朝となく昼となく又夜、夜中と一日中職員の皆様お一人お一人の心温まる介護に対し厚くお礼申し上げます。私たち家族はもとより最後は口も開かなく言葉を伝える事もありませんでしたが、母も本当に感謝の気持ちでいっぱいだったと思います。本当にこちらのホームにお世話になり有難く思っています。又この一か月という月日を母と過ごさせて頂いた事、家を出て三十五年という月日が経ちましたが、このような貴重な時を作って頂き本当にありがとうございます。母と一緒に過ごさせていただいた事は一生忘れる事はありません。私たち家族が又母が最期の最期まで安心してお世話して頂いた事は言葉では言い表せません。本当にありがとうございました。私も皆様のように、やさしい気持ちで頑張って行こうと思っています。大変なお仕事又責任のあるお仕事ですのでお身体に気をつけてこれからも入所者の皆様のお世話をお願いします。職員の皆様に宜しくお伝え頂けたらと思います。』

このような手紙をいただくと、介護の仕事をしていて良かったと思うし、職員も自分たちの仕事に誇りを感じ、モチベーションも上がるように思う。

旭ヶ丘では嘱託医師の診断により利用者が看取りの時期を迎えると家族に、「隣のベッドで寄り添いながら過ごす日を数日でも設けたらどうですか」と提案している。夜を一緒に過ごすことで、家族の方は幼かった頃の思い出や育ててもらった親の愛を改めて振り返り、感謝の気持ちを伝える時間を持てたことで、親との別れに踏ん切りをつけることができるようである。

中には、「私はこの母にはなんの世話にもなっていない。私が困っているとき、少しも助けてくれなかった。だから親子の愛情など何も感じない」と、冷たい眼差しで提案を拒否したり、遺骨の引き取りを応じようとしない家族もいたが、そんなときには、「あなたが親を許せない背景にはいろいろなことがあったことと思います。あなたが困っているときお母さんは助けてくれなかったこともあったのでしょう。あなたもつらい思いをしたこと思います。あなたがそのように思う気持ちもわかります。でも、このお母さんがあなたを産まなければ、あなたは存在しなかったですよね。そう考えると今あなたがこうしてここにいるのは、お母さんのおかげと考えることもできるのではないでしょうか」と問いかけると、次第に過去に思いを走らせるのか、涙を浮かべ柔らかい眼差しに変わっていく家族を何人か見てきた。

施設長になって職員に求めたのは、寄り添うケアと優しさだった。寄り添うケアは「共感する心」に繋がると思うが、私は臨床心理療法士の勉強の過程でカール・ロジャーズの共感的理解*を学んだ。カール・ロジャーズの説く共感的理解は、私が今まで学んだ知識より少し深みのあるものだった。彼によれば、「共感的理解とは、ただ単に相手が思っていることや感情に理解を示すだけではなく、相手自身も気づいていない本当の気持ちを引き出してあげることだ」と述べている。

私はこの共感的理解をアルファ福祉医療専門学校で学生たちに伝えた。そして旭ヶ丘のケアマネージャーやワーカーたちには、高齢者を理解するためには、彼らが生きてきた今とは違う時代背景や文化、そして環境を理解することの大切さを伝えてきた。なぜなら、高齢者が歩んできた過去の世界を理解することができて初めて、高齢者は私たちに親しみを覚えると思ったからである。

新約聖書中の『ルカによる福音書』の一節に「善きサマリア人のたとえ」が記されている。その要旨は、ユダヤ人のある律法学者が同じくユダヤ人であるイエスに、「永遠の命を得るためには何をすべきか」と問いかけた際、イエスは逆に「律法にはどう書いてあるか」と問いかけた。律法学者が「神への愛と隣人への愛だ」と答えたところ、イエスは「正しい答えだ。そのとおりにしなさい」と答えた。律法学者がさらに「では、隣人とは誰か」と重ねて尋ねた。これに対しイエスは以下のたとえ話をした。

「ある人がエルサレムからエリコに向かう途中で強盗に襲われて身ぐるみはがされ、半死半生となって道端に倒れていた。そこに三人通りかかった。最初に祭司が通りかかったが、その人を見ると道の向こう側を通り過ぎて行った。次の者も道の向こう側を通り過ぎて行った。しかし三番目に通りかかったサマリア人は、そばに来ると傷の治療をしてロバに乗せて宿屋まで運び介抱した。そして翌日になると、宿屋の主人にけが人の世話を頼んでその費用を払った」

このたとえ話のあと律法学者に対してイエスは、誰がけが人の隣人となったかを問い、律法学者が「助けた人（サマリア人）です」と答えると、「行って、あなたも同じようにしなさい」とイエスは言った。

私は、ワーカーが利用者に優しく接するよう、このたとえ話を用いることが多々あるが、なかなか理解してもらえないでいる。「施設内に活けてある生け花が枯れそうになったとき、水をあげようとする気持ちを持って欲しい。その気持ちが優しいケアに繋がる」と話すと、何人かのワーカーは「業務が忙しくてそんな時間はありません」と答える。しかし私は業務が忙しいのではない。ただ枯れそうな花をかわいそうに思う気持ちを持っていないだけだと考えている。

施設では、介護のプロというべき介護福祉士の資格を持った者を優先して採用してきた。実際、この施設の正職員は全員、そして非常勤職員の多くが介護福祉士の資格を持っているが、その方向性は正しかったのか、最近疑問に思うようになってきた。人それぞれ資質・性格があり、それぞれに向いた職種がある。福祉を目指す者に求められるのは、資格の前に、枯れた花を憐れむ心の持ち主ではないだろうか。

参考：『心理カウンセリング（1）』日本カウンセラー学院発行
ウィキペディア（善きサマリア人のたとえ）

＊カール・ロジャーズの共感的理解
「共感的理解」とは、自分と違った存在、自分と違う経験、考え方、感じ方をそのまま受け入れることの上に、①自分の価値観、ものの見方をいったん保留し、相手の見方、考え方、感じ方で相手の経験をそのまま感じ、理解すること。②その人の内側から、あたかもその人のように感じるということ。③相手の心の世界で自由にくつろぐことで、本人以上にその相手の思っていること、感じていること、経験していることを理解すること。④その理解したことを、「まさに私の経験していることはそれだ」と、相手に感じてもらえるように伝えること。伝える際には「断定」するのではなく、相手に充分敬意を払いつつ「確認させてもらう」。

# あとがきにかえて　——つれづれなるままに

はっきり覚えていないが、次の話は昔、母から聞いたような気がする。

宝石の鑑定士を育てるには最初、本物の宝石だけを見せて訓練するそうだ。最初に本物と偽物を混ぜて見せると、いつまで経っても両者を識別する能力が身につかないという。一流の鑑定士を育てるには、最初に本物だけに触れさせることが大切らしい。

これは宝石に限らず他のことにも言えそうだ。

あるとき、魚屋のご主人がこんなことを言っていた。

「『うちの子は魚が嫌いで食べないんですよ』と言う奥さんがいるけど、それはね、美味しい魚を最初に食べさせないからなんだよ。最初にまずい魚食えば、誰だって嫌いになってしまうさ」

スポーツもそうかも知れない。ゴルフでもスキーでもテニスでも、上達の早道は最初にその道の専門家に教わることにあるようだ。誰かがこんなことを言っていた。

「筋肉はとっても覚えが悪いんだ。だけど一度覚えると決して忘れない。だから自転車に何年乗っていなくても、乗り方を忘れることはないし、水泳だって子供の頃に泳げた人は、何年遠ざかっていても泳げるでしょ。もちろん速さは昔のようにはいかないけどね。勉強だってそうだ。最初に教え方の上手な教師に出会うと、説明がわかりやすい。わかりやすいとその科目が好きになっていく。好きこそものの上手なれでね」

これらはすべて、指導者との波長が合うことに加え、指導者のセンスの良さが教わる側に伝わる結果かも知れない。

翻って自分自身のことを考えると、私は大学時代に家庭教師をしたことがある。元来、人に教えるのが好きだったが、果たして生徒たちからの評価はどうだったのだろうか？

このことは介護の世界でも言えそうである。福祉専門学校の卒業生が介護現場で働く際には、最初に良い指導者に出会うことが大事だろう。彼らの高齢者に接する態度は教科書で習ったとおりで、大変純粋な場合が多い。しかし、習った知識を高齢者のケアに生かそうとする思いは、仕事に就いたとたんに戸惑いや落胆に変わってしまうことがある。模範となるべき良き先輩がいないことで、いつしか学校で教わったことを忘れ、先輩の指示に従って行動しがちである。

その背景には、人手不足のために時間に追われて手を抜いたケアにならざるを得ないという問題がある。そしてその忙しさが原因で、虐待や虐待に近い行為が行われるとしたら、それらは介護者の責任と同時に、ストレスの溜まる労働環境で働かせる法人にも責任があるると言える。せっかく福祉を目指して勉強した彼らの気持ちが萎えることがない職場づくりを目指したいものである。

勉強といえば、小学校から始まってそれぞれの時代に思い出はたくさんあるが、ベビーブームの真っただ中で育った私は、大学受験を控えたとき、苦手な現代国語に取り組むことにした。早速購入した参考書には、小林秀雄のデビュー作『様々なる意匠』の一節、「自然は芸術を模倣するという信心（キュルト）、例えばおそらくスタンダールが、その赤と黒によって多くのソレリアンの出現を予期したが、芸術の正しい信心（キュルト）であろうが、芸術が自然を模倣しない限り自然は芸術を模倣しない」が掲載されていた。

当時は入試問題に小林秀雄の作品がよく出題された。私は読解力をつけようと彼の著書を購入したが、難解な文章の前には無防備で、巨大な敵に立ち向かうようで全く歯が立たなかった。著者の作品はまさしく受験者泣かせだったのだ。

あるとき、受験を控えた小林秀雄のお嬢様が、

「現代国語の試験に、難解でわけのわからない作品が出題されて困る」

と父に訴えた。すると小林は言った。

「それは、難解な作品が悪い」

「いえ、それはお父様の作品です」

と、そんなやり取りがあったと、真偽は別として耳にしたことがある。

実際、受験生泣かせの作品が多かったが、その一方で、いくつか小林の作品を読むうちに、捉え方が斬新で感銘を受けたこともあった。そんな中の一つに、源実朝が詠んだ和歌「大海の磯もとどろに寄する浪　割れて砕けて裂けて散るかも」の解説があった。小林によれば、波を「割れて、砕けて、裂けて」と細かく分析しているのは、実朝が繊細な神経を持っているからだという。それまで雄大で力強い歌だと信じ込んでいた私にとって、まさしく目から鱗の解釈だった。

また、旭ヶ丘老人ホームの機関誌「つれづれ草」の題名は、吉田兼好の『徒然草』からとったものだが、その出だし「つれづれなるままに、日暮らし、硯に向かいて、心にうつりゆくよしなしごとを、そこはかとなく書きつくれば、あやしうこそものぐるほしけれ」についても、小林の解釈から得るものがあった。私は彼の解釈を基に、吉田兼好は日頃から世の中の不条理なことなどが見え過ぎるほど見えてしまう人物で、そんな苛立ちにも似た気持ちを表した言葉が「ものぐるほしけれ」ではないだろうかと思うようになった。

その他『人間の建設』や『モオツァルト・無常という事』など、理解に苦しみながらも小林のいくつかの素晴らしい作品に触れることができたのは、受験勉強のおかげかも知れない。ただ、その内容の多くをつぶさに覚えていないのは、既に私の血となり肉となり消化されているためか、あるいは難解のあまり未消化で排泄されてしまったためかは定かでない。また、高校時代に読んだアンドレ・ジッドの『狭き門』も感銘を受けた作品だ。母がクリスチャンであったことも手伝ってか、私は作品の主人公ジェロームの、不器用ながらも純粋な生き方に憧れた。主人公のような人生を求めたら、狭い天国へ通じる道に導かれるのではないかと思ったりもした。そして、彼の従姉のアリサのような女性に出会いたいと願ったが、叶わぬ夢だった。ジェロームのような人間ではない私の前に、アリサのような人が現れなかったのは極めて当然の話である。

最後に今回は出版にあたって人生の師であり、旭ヶ丘老人ホームの役員として多年にわたり未熟な私を指導してくださっている小林孝幸先生に特別寄稿をお願いしたところ、快く引き受けてくださったことをこの場でお礼申し上げたい。

実はお願いしたあとで、先生の文章が素晴らしく、私の文章の稚拙さが目立ってしまうのではと後悔した。実際、想像したとおり素晴らしい文章を寄稿してくださって、私の思ったとおりとなってしまった次第である。

**著者プロフィール**

**井上 節**（いのうえ せつ）

1947年5月5日、神奈川県に生まれる

1971年、慶應義塾大学経済学部卒業

1994年、社会福祉法人寿幸会理事長に就任。2004年、施設長兼務（現在にいたる）

社会福祉士

精神保健福祉士

認定臨床心理療法士



**老人ホームの窓辺から 2** 喜慮愛楽

---

2021年10月15日　初版第1刷発行

著　者　井上 節

発行者　瓜谷 綱延

発行所　株式会社文芸社

〒160-0022　東京都新宿区新宿 1－10－1

電話　03-5369-3060（代表）

03-5369-2299（販売）

印刷所　株式会社フクイン

---





ISBN978-4-286-22978-2